질풍가

사우 新무협 판타지 소설
FANTASTIC ORIENTAL HEROES

질풍가 1

사우 新무협 판타지 소설

초판 1쇄 찍은 날 § 2007년 9월 20일
초판 1쇄 펴낸 날 § 2007년 10월 1일

지은이 § 사우
펴낸이 § 서경석

편집장 § 문혜영
편집책임 § 서지현
편집 § 유혜림

펴낸곳 § 도서출판 청어람
등록번호 § 제1081-1-89호
등록일자 § 1999. 5. 31
어람번호 § 제2-1302호

주소 § 경기도 부천시 원미구 심곡1동 350-1 남성B/D 3F (우) 420-011
전화 § 032-656-4452팩스 § 032-656-4453
http://www.chungeoram.com
E-mail § eoram99@chollian.net

ⓒ 사우, 2007

ISBN 978-89-251-0932-9 04810
ISBN 978-89-251-0931-2 (세트)

질풍가

사우 新무협 판타지 소설
FANTASTIC ORIENTAL HEROES

1

청어람
도서출판

目次

序　7

회상(一) – 사부를 만나다　13

회상(二) – 무공을 익히다　27

회상(三) – 잊지 못할 수모를 당하다　45

회상(四) – 나에게는 사형이 있었다　77

회상(五) – 사형에게 반하다　93

회상(六) – 기루에 가다　121

회상(七) – 술법을 배우다　173

회상(八) – 약속을 하다　199

회상(九) – 사형과 정식으로 비무를 치르다　231

회상(十) – 삼년상을 치르다　257

제1장 – 하산(下山)　281

외전　305

序

　"너희는… 본문의 제자로서 결코 천하에 위명을 떨치지 말
거라."

　그것이 사부가 우리에게 남긴 마지막 유언이었다. 그렇게
사부는 차디찬 동굴 바닥에 고개를 떨구었다.

　어느 정도의 시간이 흘렀을까?

　좀처럼 납득이 가지 않는 유언에 나도 모르게 피식 실소가
흘러나왔다.

　"위명이라……."

　실소는 쉬이 멈추지 않았다. 어쩌면 농담이라고는 하지 않
는 사부였기에 더했는지도 모르겠다.

무엇 때문일까?

머릿속에 온통 그 생각만이 맴돌았다. 몇 가지 생각이 떠오르긴 했지만 어느 것 하나 제대로 된 이유라고는 설명할 수 없었다.

"후우……."

나는 잠시 헝클어진 머릿속을 정리하며 자리에서 일어났다.

"어쩌실 생각입니까?"

"……."

사형은 한참 동안 침묵을 지켰다.

참다못해 조급증이 치밀 무렵, 마침내 사형은 굳게 다물고 있던 입술을 열었다.

"무위야."

"예, 사형."

"너에게는 미안하게 되었다."

"……."

무슨 소리일까?

사형의 말은 좀처럼 이해가 되질 않았다. 사형에 나에게 미안할 이유는 그 어디에도 없었으니.

"어찌 되었거나 사부의 유언이거늘 지켜야 하지 않겠느냐?"

"그야 그렇지만……."

고작해야 그러한 이유 때문에 나에게 미안하다고 한 것인가?

문득 사형답지 않다는 생각에 하마터면 실소를 터뜨릴 뻔했다. 역시나 그 생각이 틀렸다는 것을 깨닫는 데에는 그리 오랜 시간이 걸리지 않았다.

"이것부터 받아라."

"이건……?"

나는 의아함은 감추지 못했다.

사형이 나에게 건네준 물건은 다름 아닌 본 문의 장문령부였다.

"이것을 왜 저에게 주시는 것입니까?"

"앞으로 네가 책임질 물건이니 넘겨주는 것이 당연하지 않겠느냐?"

"사형?"

나는 놀란 눈으로 사형을 바라보았다.

"이 시간부로 나는 본 문을 떠날 생각이다. 그러니 네가 오늘부터 본 문의 문주이다."

그것이 사형이 남긴 마지막 말이었다. 그렇게 사형은 본문을 떠나갔다.

산 중턱의 벼랑.

그곳에서 나는 멀어져 가는 사형의 뒷모습을 지켜보았다.

무엇이 그리도 바쁜지 사형은 신법까지 펼쳐가며 산을 내려가고 있었다.

"파문이라……. 하하하!"

생각하면 할수록 재미난 말이 아닌가?

사형이 문을 떠난 이유를 짐작하는 것은 그리 어렵지 않았다.

명성.

오래전부터 사형이 추구했던 것.

무슨 이유에서인지는 알지 못했다. 아니, 이유를 묻는 것 자체가 오히려 이상한 일일 수도 있었다, 그것은 무공을 익힌 무인에게는 당연할 수밖에 없는 목표였다.

"과연 사형다운 선택이군요."

그렇게 떠나 버렸다고 해서 딱히 사형이 원망스러운 것은 아니었다. 단지 선수를 치지 못해 그것이 못내 아쉬울 뿐이었다.

"끙, 어찌 되었거나 삼년상은 홀로 치러야 하겠군."

나는 한차례 혀를 찼다.

일종의 전통이라고도 할 수 있겠지만, 본 문에서는 전대 문주의 삼년상을 의무적으로 치러야만 했다. 가족이 있다면야 예외가 되겠지만 사부는 일가친척 하나 없는 홀홀단신이었다.

"흐음… 어찌해야 할까?"

나는 고민에 잠겼다.

그럴 수만 있다면 나도 문파를 떠나 바람처럼 자유롭게 세상을 떠돌고 싶었다.

사형처럼 명성에 크게 미련이 있는 것은 아니었다.

그보다는 다른 이유가 있었다.

천하십삼대고수(天下十三大高手).

천하를 위진시키는 열세 명의 무인.

그들과의 비무는 내가 무공을 익히고 강호의 이야기를 들으며 어느새 목표가 되어버렸다. 그들과 비무를 치르다 보면 필연지사(必然之事), 원하지 않아도 자연 명성을 떨치게 될 터였다.

하나, 나에게는 그럴 수 없는 이유가 있다.

어찌 되었거나 누구 하나는 남아서 문파의 명맥을 이어가야 하지 않겠는가?

"어찌해야 하나……."

좀처럼 이 난관을 헤쳐 나갈 마땅한 방법이 떠오르지 않았다.

"그렇군. 그런 방법이 있었지?"

그 순간 머릿속을 스치고 지나가는 생각에 나는 의미심장한 미소를 머금었다.

강호는 다양한 사람들이 모여 살아가는 곳이다. 그들 중에는 정파의 무인들도 있고 그렇지 않은 사람도 무수히 존재했다.

위명이라…….

정도의 길을 걷던 사부가 어떤 의미에서 그런 유언을 남겼는지 짐작하는 것은 어렵지 않았다.

흑도(黑道).

이제부터 내가 가야 할 길이 되리라. 하하하!

疾風歌

회상(一) 사부를 만나다

질풍가

1392. 홍무(洪武) 이십오년.
황태자 표(標), 삼십구 세의 젊은 나이로 사망.
주원장 윤문(允紋)을 황태손으로 임명.

세상은 시끄러웠다. 황태자가 죽었다는 이유 때문이었다.
황제가 정정하다면 모르겠지만, 황제는 늙고 병들었으며 황태
손의 나이는 이제 겨우 열 살에 불과했다.

　　　　*　　　　*　　　　*

　내가 사부를 처음 만난 것은 열두 살이 되던 해의 일이었다.

매서운 한풍(寒風)이 몰아치는 겨울이었고, 날씨는 무척이나 추웠던 것으로 기억한다. 지독한 추위 덕택에 길거리에 사람의 흔적이라고는 눈을 씻고 찾아봐도 없을 정도였다.

사람이 보이지 않는다는 사실은 그다지 환영할 만한 일이 아니었다. 그것은 다름 아닌 조금은 특이하다고 할 수 있는 내 직업 때문이었다.

비렁뱅이.

그것이 내가 하는 일이었다.

뭐, 정확하게 말하자면 흔히 사람들이 나 같은 사람을 가리키는 것이었지만 말이다.

어찌 되었거나 나는 비렁뱅이라는 내 일에 대해 그럭저럭 만족하고 있었다.

하나, 그날만큼은 달랐다.

나는 비렁뱅이라는 내 직업에 대해 그토록 뼈저리게 후회해본 적이 없었다.

휘이이잉~

새벽녘부터 시작된 추위는 아침나절까지 그 기세를 잃지 않고 꾸준히 지속되었다. 심지어 오후부터는 눈보라까지 심하게 몰아치기 시작했다.

강풍을 동반한 눈보라는 그렇지 않아도 가뜩이나 움츠려 있던 내 몸을 더욱 움츠리게 만들었다.

다른 동료 거지들에게 강골(强骨)이라고 칭송받았던 내 몸

이 언제부터인가 추위를 이기지 못하고 부들부들 떨리기 시작
했다.

"으……."

동냥질을 하러 나온 것이 이렇게 후회가 될 것이라고는 생
각지도 못했다. 차라리 동료들의 말처럼 따뜻한 움막 안에서
체온을 유지하는 것이 현명한 방법이었다.

"어차피 이제 와서 돌아갈 수는 없는 노릇이고……."

내 입에서는 절로 한숨이 흘러나왔다.

움막을 나서기 전, 거지들의 왕초라 할 수 있는 짝눈이 한
가지 조건을 내걸었다.

그것은 자신의 말을 듣지 않고 동냥질을 나가는 대신, 구리
돈 한 푼 얻어오지 못한다면 움막으로 돌아오지 않는다는 조
건이었다.

나는 그 조건을 받아들였다.

배도 고팠고, 설마 하니 구리 동전 한 문조차 구걸하지 못하
겠냐는 생각에서였다.

그렇다고 이제 와서 움막으로 되돌아갈 수는 없었다.

비렁뱅이 주제에 무슨 약속을 지키기 위해 그 고생을 하느
냐고 말하는 이도 있겠지만 나는 그들에게 이렇게 말해주고
싶다.

'비록 내가 비렁뱅이라 할지라도 엄연히 불알 달린 사내이
고, 남아일언 중천금이 무슨 말인지는 아는 비렁뱅이이다.'

이렇게 말이다.

뭐, 조금 더 솔직하게 말하자면 어차피 이대로 돌아가 보았자, 그렇지 않아도 나를 눈엣가시로 여기는 짝눈한테 죽도록 맞고 쫓겨날 것이 뻔하기 때문이었다. 하하하!

상황이야 어찌 되었든 나는 그 빌어먹을 약속으로 인해 다 죽어가게 생겼다.

"후욱후욱!"

가쁜 숨을 몰아쉬며 몸을 움직이기 시작했다. 이대로 있다가는 얼어 죽는다는 생각이 머릿속을 엄습했다. 그러나 아무리 문을 쿵쾅거리며 두드려도 살을 에는 듯한 추위 때문에 문밖으로 고개를 내미는 사람조차 없었다.

"아무도 안 계십니까?"

그토록 항상 살갑게 대해주시던 푸줏간집 아주머니도, 인심 좋기로 소문이 자자했던 대장간집 아저씨도 모두 마찬가지였다.

철퍼덕─

결국 나는 기력이 완전히 쇠진하여 길 어딘가에 쓰러졌다.

이대로 죽는구나 하는 생각이 머릿속을 맴돌았다. 그런 약속을 하는 것이 아닌데……

스르르륵.

천천히 내 눈꺼풀이 내려왔다.

그때였다.

누군가가 내 손을 잡는 것이 느껴졌다. 정확히는 손목이었다.

눈을 뜨고 정신을 차리려고 애썼다. 손목을 잡은 사람을 보기 위해서였다.

하나, 생각대로 움직여 주지 않았다.

그 순간 손목을 잡고 있던 사람의 손에서부터 한줄기 따뜻한 기운이 몸속으로 들어왔다. 그 기운은 손목에서 시작하여 팔 전체를 감싼 후 온몸으로 빠르게 퍼져 나갔다.

"으윽……."

어느 정도의 시간이 흐르자 나는 정신을 차릴 수가 있었다. 추위가 완전히 가신 것은 아니었지만 견딜 만한 정도였다.

신기한 일이었다.

지금에 와서 생각하면 그다지 신기한 일도 아니었지만, 당시의 나로서는 무척이나 신기한 일이었다.

"누구십니까?"

나는 고개를 들어 나를 구해준 사람의 얼굴을 쳐다보았다.

그는 중년인이라고 하기에는 나이가 들어 보였고, 노인이라고 하기에는 애매한 그런 사람이었다. 신장은 대충 오 척 정도의 단신이었다.

특이하게도 검은 머리카락 하나 없는 새하얀 백발이었는데, 눈썹만큼은 진하디진한 검은색이었다. 언뜻 보기에는 선비 같았지만, 입고 있는 옷과 옆구리에 차고 있는 검으로 보아 선비는 아닌 듯했다.

"누구라고 하면 네가 알겠느냐?"

"그렇군요. 그럼 누구인지는 모르겠지만… 일단 구해주셔서 감사합니다."

"재미난 놈이로구나."

"존함을 가르쳐 주시겠습니까? 후일 제가 능력이 된다면 이 빚을 갚도록 하겠습니다."

"푸하하하!"

내 말을 들은 그 사람이 대소를 터뜨렸다.

"빚이라… 좋구나, 정말 좋아."

무엇이 좋다는 말인지는 모르겠지만 그 사람은 연신 좋다는 말만을 내뱉었다.

"네 이름이 무엇이냐?"

"설무위라 합니다."

"흐음, 그다지 좋은 이름은 아니로구나."

"이따금씩 그런 소리를 듣기는 합니다."

기분이 나쁠 수도 있는 말이었지만 익숙한 일이기에 나는 그러려니 하며 넘어갔다.

무위(無爲).

하는 일이 없다.

거지다운 이름이었지만, 거지가 아닌 사람이 듣기에는 좋을 턱이 없는 이름이었다.

"너는 이 추운 날 대체 무엇을 하고 있는 중이었느냐?"

"동냥을 나왔습니다."

"허⋯⋯."

탄식하는 목소리가 내 귀에 들려왔다.

"어리석기 짝이 없구나. 이렇게 추운 날에 대체 누가 길거리를 지나다닌다고 동냥을 나왔단 말이냐?"

"얼마 전까지는 아니었지만, 지금은 이렇게 제 눈앞에 있지 않습니까?"

내가 어깨를 으쓱거리며 반문했다.

"하하하!"

그 사람이 다시 대소를 터뜨렸다.

"우연인지 필연인지는 모르겠지만, 어찌 되었거나 이것 또한 인연이 아니겠는가?"

그 사람이 알지 못할 소리를 중얼거렸다.

"내 이름은 부평초라고 한다."

"쿡……."

나도 모르게 웃음이 흘러나왔다.

"죄송합니다."

"아니다. 나조차도 종종 재미있다는 생각이 들 때도 있거늘, 오죽하겠느냐?"

그 사람이 미소를 지으며 말을 이었다.

"몇 살이더냐?"

"올해로 열두 살입니다."

"열두 살이라……. 적은 나이는 아니로구나. 너는 앞으로도 그렇게 살 생각이냐?"

"무슨 말씀이십니까?"

그 사람의 말을 이해하지 못한 내가 반문했다.

"거지로 계속 살아갈 생각이냐는 뜻이다."

"당연히 아닙니다."

"하면?"

"부자가 될 것입니다."

나는 신이 나서 대답했다.

부자가 되어서 먹고 싶은 것을 마음껏 먹고, 화려한 옷을 입어보는 것이 내 꿈이자 소원이었다.

"쯧쯧, 한심하구나."

그와 동시에 그 사람이 나를 한심하다는 눈빛으로 쳐다보았다.

"무엇이 한심하다는 것입니까?"

"사내대장부로 태어나서 겨우 그런 것이 목표라니, 어찌 아니 한심하다 할 수 있겠느냐?"

나는 조금 화가 났다.

그 사람이 내 꿈을 비웃는 것에 화가 났다기보다는, 내 꿈이 그 사람이 생각하기에 별것이 아니라는 태도에 화가 났다.

"너는 강호라는 말을 들어보았느냐?"

"들어보지 못했습니다."

"그럼 무인이라는 말은 들어보았느냐?"

"역시 들어보지 못했습니다."

이전과는 다르게 마음이 상한 나는 조금은 퉁명스러운 목소리로 대답했다.

"그럼 이런 것을 본 적도 없겠구나?"

그 사람이 돌연 한 손을 슬며시 내뻗었다.

그 순간이었다.

콰콰쾅—!

놀라운 일이 벌어졌다. 어떻게 된 일인지는 모르겠지만, 그 사람의 손에서 희미한 기류가 나가고, 내 눈에 보이던 커다란 바위가 벼락이라도 맞은 듯 산산조각으로 부서졌다.

"이, 이게……?"

내 입이 저절로 딱 벌어졌다.

"어떠냐?"

"신기합니다!"

내 입은 여전히 벌어져 있었다.

"이런 것을 사람들은 무공이라 한다. 조금 더 보여주마."

한차례 심호흡을 한 그 사람은 천천히 옆구리로 손을 가져 갔다. 그리고는 검을 뽑아 들었다.

스르르릉!

거친 쇠 울림 소리와 함께 검이 뽑히며 무엇인가 알지 못할 기묘한 느낌이 내 전신을 감쌌다. 난생처음 느껴보는 그런 감 정이었다.

"보거라."

그 사람은 천천히 검을 치켜들었다.

"아!"

그와 동시에 벌어진 내 입에서는 탄성이 터져 나왔다.

마치 뜨거운 불길과도 같은 그런 적색의 기운이 검을 감싸고 있었다. 열기는 느껴지지 않았지만, 내 몸은 흥분으로 인해 달아오를 대로 달아올라 있었다.

쒜애애액—

그 사람은 오 장 정도 떨어진 곳에 위치한 커다란 나무를 향해 검을 휘둘렀다. 내가 볼 수 있도록 배려해서인지 빠른 동작이 아니었다.

우지근—!

적색의 기운은 검에서 뻗어나가 나무 기둥을 후려쳤다.

두 아름은 족히 될 것 같은 두꺼운 나무 기둥이 힘없이 무너져 내렸다.

"어떠냐? 배워볼 생각이 있느냐?"

"……."

나는 신기루와도 같은 그 모습에 정신을 차리지 못하고 있었다.

"왜 대답이 없느냐?"

"아, 무슨 소리이신지……?"

"배워볼 생각이 있느냐고 물었다."

"정, 정말이십니까?"

나는 뜻밖의 제안에 가슴이 떨려왔다.

그 정도로 그 사람이 보여준 것들은 내 마음을 송두리째 앗아가 버렸다.

"그렇다. 네가 배울 생각이 있다면 가르쳐 주마."

"감사합니다. 성심성의껏 배우겠습니다."

혹시라도 그 사람의 마음이 변할지도 모른다는 생각에 나는 급히 고개를 숙였다.

"틀렸다."

고개를 숙이는 나를 보고 그 사람이 고개를 저었다.

"나에게 구배(九拜)를 하거라. 그래야만 너는 나에게 무공을 배울 수 있다."

"알겠습니다."

나는 허리를 펴고 절을 행했다.

덜덜덜……

절을 하며 언제부터인가 내 몸은 계속되는 추위에 부들부들 떨리기 시작했다. 그럼에도 나는 이를 악물고 아홉 번의 절을 마쳤다.

"이것으로 너는 본 문의 십구대 제자가 되었다. 이제부터 너는 나를 사부라 부르면 되느니라."

"후욱후욱… 예, 사부."

나는 비몽사몽간에 대답했다. 이제는 서 있기조차 힘든 지경이었다.

"놈!"

그와 동시에 사부의 매서운 손길이 내 전신을 후려쳤다. 영문도 모른 채 나는 사정없는 그 손길에 몸을 내맡겨야 하였다.

"왜……?"

나는 몸을 웅크리며 어떻게 해서든 피해보려 했지만 그럴수록 강도는 더해져만 갔다. 어째서 사부가 나를 때리는지 이해할 수 없었다.

　그렇게 아득해져 가는 의식 속에서 사부의 말이 희미하게 들려왔다.

　"사부라니? 내가 말하지 않았다고 해서 '님' 자는 왜 빼느냐?"

　실로 기가 찬 일이었다.

疾風歌

회상(二)

무공을 익히다

질풍가

1395. 홍무(洪武) 이십팔년.
연왕(燕王) 주체, 낙마(落馬)로 인해 부상.
각지에서 문병을 위해 연왕을 방문.

연왕이 말에서 떨어져 부상을 당했다는 소문이 나돌았다.
예하 장수들보다 더욱 뛰어난 기마술을 익히고 있는 연왕이
었기에 실로 의아한 일이었지만 소문은 사실이었고, 저 수만
리 떨어진 해남에서조차 문병을 위해 사람을 보내왔다.
당금 천하에서 연왕의 위세(威勢)가 어떻다는 것을 여실히
보여주는 사건이었다.

　내가 무공을 배우게 된 것은 열다섯이 되던 해의 일이었다. 사부를 만나 사제지연을 맺은 지도 벌써 삼 년이라는 시간이 흐른 것이다.

　그때까지 나는 무공을 배우지 못했다.

　아직 준비가 되어 있지 않다는 연유에서였다. 유일하게 배운 것이라고는 고작해야 조금 특이하다고 할 수 있는 호흡법 정도였다.

　참으로 답답한 일이었다.

　나라고 숨 쉬는 방법을 모르겠는가?

　나를 길러주신 백발 할아버지조차 몸을 건강히 만드는 토납법 정도는 알고 있었다.

　무공을 배우고 싶다는 생각에 온몸이 근질거려 도무지 참을 수가 없었다.

　어떤 때는 무공이라고는 일초반식(一招半式)도 모르는 나였지만, 무작정 공터로 나가 허공을 향해 주먹을 휘두를 때도 있었다.

　얼마나 기다려야 하는 것인가?

　지루하다 못해 여기저기 좀이 다 쑤실 정도였다. 그렇게 인내심이 바닥을 보일 무렵에서야 마침내 사부는 무공 전수를 시작했다.

"후우우……."

그날도 나는 단지 노루 고기를 조금 태웠다는 이유로 한차례 주먹세례를 받은 후 사부가 가르쳐 준 대로 호흡을 유지하고 있었다.

선비와도 같은 중후한 외모와 다르게 사부의 성격은 그다지 좋지 않았다.

조그마한 실수에도 곧장 주먹이 날아왔다.

대부분의 거지가 그러하듯 나 역시 얻어맞는 것이 그다지 견디기 힘든 일은 아니었다. 오히려 이골이 나 있다고 하는 편이 옳았다.

거지들은 종종 사람들에게 구타를 당하곤 한다.

별다른 이유가 있는 것은 아니었다.

구걸을 하다 성격이 더러운 놈을 만나면 맞았고, 주루 점소이의 기분이 나쁜 것을 모른 채 동냥질을 하다 맞았다. 마을 건달패들의 분풀이 상대가 되기 위해 맞았고, 상갓집을 혼례 식장으로 착각하고 들어가서 맞았다.

강골이었던 나는 어지간한 구타에는 끄떡하지 않을 정도로 맷집이 좋았다.

하나 그런 놈들이 때리는 것과 다르게 사부의 주먹은 단 한 대를 맞아도 맥을 못 추고 다리에 힘이 풀릴 정도였다.

더욱이 맞은 후에도 통증이 점점 더 심해져 사부가 가르쳐 준 호흡법을 몇 시진 이상 유지하지 않는다면 전신의 피가 역류하는 듯 무척이나 고통스러웠다.

"으윽, 도저히 적응이 되지 않는단 말이야."

어느 정도 통증이 완화된 것을 느낀 나는 자리에서 일어나 몸을 풀었다.

한때, 사부가 가르쳐 준 호흡법이 내공 심법일지도 모른다는 생각이 든 적도 있지만 시간이 흐를수록 아닐 것이라는 확신을 가지게 되었다.

내가 아는 내공 심법이라면 단전에 기를 모으는 것인데 이 호흡법은 그저 명상을 하는 데 유용할 뿐이었다.

우드득—

오랜 시간 정좌로 앉아 있던 터라 몸 여기저기서 근육들이 고통을 호소했다.

그 순간이었다.

"이제 제법 시간이 줄었구나."

내 귀에 사부의 목소리가 들려왔다.

나는 주위를 두리번거렸다. 하지만 그 어디에도 사부의 모습은 보이지 않았다.

"네, 조금 줄었습니다."

나는 사부의 말에 공손히 대답했다.

사부는 항상 그런 식이었다. 대체 무슨 방법을 쓰는 것인지는 모르겠지만, 보이지 않는 곳에서 내가 하는 모든 행동을 지켜보았다.

"나오너라."

나는 밖으로 걸어나갔다.

동굴 밖에는 사부가 뒷짐을 진 채 저물어져 가는 태양을 보고 있었다.

"슬슬 때가 된 것 같구나."

사부가 저물어져 가는 태양을 보며 입을 열었다.

"이제부터 본격적으로 무공을 가르쳐 주도록 하겠다."

"정말이십니까?"

"그렇다. 지금까지 네가 익힌 것은 천기심공(天氣心功)이라는 심법으로 흔히 말하는 내공 심법은 아니지만 앞으로 익힐 본 문의 모든 무공의 모태가 되는 것이다."

"그렇군요."

내공 심법이 아니라는 말에 실망은 했지만 그래도 크게 개의치 않았다. 이제부터라도 배우면 그만이라는 생각에서였다.

"앞으로 너는 건곤신공(乾坤神功)을 가장 먼저 배우게 될 것이다."

"건곤신공이라 하심은……."

"본 문의 무공을 펼치기 위해서 반드시 익혀야 하는 것으로, 천지간에 퍼져 있는 기를 받아들여 음양의 조화를 근간으로 하는 내공 심법이다. 건곤신공을 익힌다고 해서 천기심공을 소홀히 해서는 아니 될 것이다."

"명심하겠습니다."

무공을 배우게 된다는 데 그 정도야 얼마든지 감수할 수 있었다. 설령 뒷간의 오물을 치우라고 해도 나는 군소리없이 했을 터였다.

음… 곰곰이 생각해 보니 구시렁거리기는 할 것 같았다. 하
하하!

"이제부터 본 문의 무공에 대해 자세하게 설명해 주도록 하
겠다. 본 문의 무공은 검을 사용하는 검법과 수도를 사용하는
수법, 그리고 신법으로 나뉘어져 있으며……."

사부의 설명이 길게 이어졌다.

수법, 신법, 검법.

하나같이 가슴 뛰는 말이 아닐 수 없었다. 그리고 또 하나의
말이 나의 심금을 뒤흔들어 놓았다.

술법(術法).

사부의 말에 의하면 본 문의 공부는 무공만 있는 것이 아니
었다.

천기심공을 배운 것은 다른 이유에서가 아니었다.

바로 술법을 펼치기 위해서 반드시 필요하기 때문에 천기심
공을 배우는 것이다.

두근두근.

심장이 격하게 뛰었다.

그것은 사부가 무공을 펼치는 것을 보았을 때와는 또 다른
그런 흥분감이었다.

그러나 나는 차분히 마음을 가라앉혔다.

지금 내게 중요한 것은 후일 배우게 될 술법이 아니라 앞으
로 익힐 무공이었다.

"무공을 익힘에 있어 중요한 것이 세 가지 있다."

잠시 한 호흡을 쉰 사부가 말을 이었다.

"첫째는 신체 조건이오, 둘째는 노력이다. 이 두 가지가 뒷받침된다면 흔히 말하는 절정의 경지에 올라설 수 있다. 하지만 절정을 넘어 그 이상의 경지에 오르기 위해서는 또 한 가지가 필요하다. 너는 그것이 무엇인지 아느냐?"

"잘 모르겠습니다."

나는 솔직히 대답했다.

"그것은 인내와 끈기이다. 지난 삼 년 네가 가졌던 마음가짐을 잊지 말아라."

인내와 끈기.

숙명처럼 그 말이 가슴에 와 닿았다. 그것은 평생토록 잊혀지지 않을 말이었다.

"명심하겠습니다."

그렇게 내 본격적인 무공 수련이 시작되었다.

무공 수련을 시작한 지 어느덧 일 년이 훌쩍 지나갔다.

육합권에서 시작하여 팔환보, 진산장…….

강호의 삼류무사도 알고 있다는 무공들.

하지만 절정고수 역시 익히고 있는 것으로 기초를 다지기엔 더할 나위 없이 좋은 무공이었다.

처음에는 엉성하기만 했던 동작들이 어느덧 익숙해져 이제는 자유자재로 펼칠 수준에까지 이르렀다.

모든 무공에는 수준이 있다.

그리고 모든 무공에 수준이 있다면, 또한 모든 무공에는 오의가 들어 있었다. 사부가 나에게 원한 것은 그 무공들을 배우는 것이 아니라 오의를 배우는 것이었다.

무공을 배우는 것은 그리 어렵지 않았지만, 오의를 배우는 것은 어려운 일이었다.

그나마 보법이 나에게는 맞았던 것일까?

팔환보에 담겨 있는 원리.

오의까지는 아니었지만 그것을 깨우칠 수 있었다.

애초부터 모든 무공을 익히는 것을 원하지는 않았던 듯 사부는 내가 팔환보를 익히자 다른 무공의 수련 역시 중지시켰다. 그렇게 기본이 되는 무공들을 배운 나는 본 문의 모든 무공의 모태가 되는 신법 수련에 들어갔다.

"파하!"

기합성과 함께 힘차게 뻗어나간 주먹이 대기를 울리며 나무 기둥에 작렬했다.

치릿—!

피가 튀었다.

내 손에서 흘러내린 피였다.

"쳇, 아직인가……."

나는 흘러내리는 피를 닦으며 눈살을 찌푸렸다.

나무 기둥은 금이 가 있을 뿐 미동조차 없이 그 자리에 서 있었다.

사부를 처음 만났을 때 보여주었던 일수.

그것이 아직도 머릿속에서 잊혀지지가 않았다.

어쩌면 나 또한 그러한 능력을 가지게 될 것이라는 꿈에 부풀어 있었기에 지난 삼 년을 오기로 버틴 것일 수도 있었다.

"이러다 손이 망가지는 것은 아니겠지?"

나는 아직도 지릿지릿 거리는 손을 부드럽게 풀어주었다.

대체 어느 천년에 그런 경지에 이를지는 모르겠지만 조만간은 아니라는 사실은 확실한 듯 싶었다.

"굳은살이 박이는 것도 좋지만, 그것이 정도가 지나치면 뼈를 상할 수 있다."

"오셨습니까."

등 뒤에서 들려오는 목소리에 나는 신형을 돌렸다.

언제부터 지켜보고 있던 것인지는 알 수 없었지만, 바위 위에서 사부가 나를 바라보고 있었다.

"이 나무 기둥을 부러뜨리고 싶으냐?"

"그렇습니다."

"아직은 무리다."

"저도 알고 있습니다."

나라고 해서 그 정도도 모르지는 않았다. 단지 그저 도전해보고 싶을 뿐이었다.

"나쁘지 않구나. 지금 그 아픔을 잊지 말아라. 무인의 마음가짐은 그 고통을 이겨내고 한계를 넘어서고자 하는 것에서부터 시작한다."

무인의 마음가짐이라…….

그 말을 듣는 순간 나는 전율을 느꼈다.

그렇다.

이제 나는 서서하나마 무인이 되어가고 있는 것이다.

"단약은 꾸준히 복용하고 있느냐?"

"그렇습니다."

건곤신공의 수련에 들어가며 나는 칠 주야마다 하나의 단약을 복용했다.

천년화령초(千年火靈草)로 만들어진 단약은 사부의 말에 의하면 내력을 급증시켜 주는 것은 아니었지만 건곤신공을 익힘에 있어서는 무엇보다 유용하다고 하였다.

과유불급(過猶不及)이라…….

본시 사내의 몸에는 양기가 넘치게 마련인지라 천련화령초로 만들어진 단약을 복용하는 것은 오히려 음양의 조화에 있어 해가 될 수도 있겠지만 건곤신공에 대해 조금이라도 알고 있다면 무지한 소리에 불과했다.

건곤신공의 가장 큰 장점은 부족한 기운을 받아들이는 데 있었다. 극양의 기운이 커질수록 받아들일 수 있는 극음의 기운 역시 커지는 것이었다.

"좋다. 그동안 얼마만큼이나 늘었는지 한번 보도록 하자. 유영비를 펼쳐 보아라."

휘릭―

사부의 말이 끝나자마자 나는 지체없이 본 문의 독문보법 유영비(遊影飛)를 펼쳤다.

유영비는 보법이었지만 신법이기도 했고, 또한 경공술이기도 했다. 유영비가 존재하기에 본 문의 모든 무공의 위력이 극대화될 수 있는 것이었다.

"후욱후욱!"

유영비를 펼치자 진기가 급격히 소모되며 사시나무 떨리듯 두 다리가 떨려왔다. 입문 단계를 벗어나지 못했기에 일어나는 현상이었다.

극심한 갈증이 솟구쳤다. 그리고 갈증과 함께 바닥에 드러눕고 싶다는 욕구가 치밀어 올랐다. 그럼에도 나는 유영비를 펼치는 것을 멈추지 않았다.

진기가 없다면 오기로라도 버텨낼 것이다. 그것이 바로 나 설무위다운 모습이었기에.

파파팍—

그렇게 계속해서 유영비를 펼쳤다. 그러던 와중 나는 어느 순간부터 진기의 소모가 급격하게 줄어드는 것을 느낄 수 있었다.

그것을 느낀 내 얼굴에 미소가 그려졌다.

사부 앞이 아니었다면 온 산이 떠나가라 대소를 터뜨렸을지도 몰랐다.

한계에 이르면서까지 유영비를 펼치며 새로이 느낄 수 있던 것은 마침내 길고도 지루한 입문 단계를 벗어났다는 사실이었다.

"무엇을 그리 좋아하느냐?"

"아무것도 아닙니다."

"창피한 줄도 모르는구나. 이제 겨우 입문 단계를 벗어났을 뿐이다. 그것으로 만족한다면 네 성취도 거기서 그칠 뿐이다. 쯧, 오늘은 이쯤에서 끝내도록 하자."

사부는 먼저 산을 내려갔다.

어느덧 달은 중천 가까이까지 솟아올라 있었다.

무공을 익히는 것은 생각했던 만큼 쉬운 일이 아니었다. 어쩌면 그랬기에 나는 더더욱 무공에 빠져들고 있는 건지도 몰랐다.

무공 수련을 시작한 지 어느덧 이 년이 흘렀다.

내 나이가 벌써 열일곱이 된 것이다.

지난 이 년 동안 나는 무척이나 성장했다.

오 척 단신의 사부보다 더 작았던 내 체구는 어느새 사부보다 반 뼘은 더 클 정도로 성장해 있었고, 말랐던 몸에는 보기 좋을 정도의 적당한 근육이 붙었다.

건곤신공의 수련과 더불어 일 년 전부터 배우기 시작한 유영비는 어림잡아 삼성(三成)의 경지에 이르러 있었다.

본 문의 모든 무공 중 가장 처음에 배우는 것이 이 유영비였지만, 가장 늦게까지 익히고 대성하기 힘든 것이 바로 이 유영비였다.

모든 무공이 그러하듯 유영비 또한 익힐수록 더욱 어렵고

난해해졌다. 그 정도를 넘어서 구성에 이르면 깨우침이 없이
는 더 이상 성취가 늘지 않을 정도였다.

"후읍!"

숨을 길게 들이킨 나는 내공을 극한으로 끌어올렸다. 유영
비를 어디까지 펼칠 수 있나 알아보기 위해서였다.

파팟—

한 발이 내디뎌지고, 다른 한 발이 내디뎌졌다. 느리게 시작
되었던 움직임은 점차 빨라져 나조차도 몇 번의 발걸음을 내
디뎠는지 모를 지경이었다.

내 신형이 초봄의 기운이 만발한 숲 사이를 온통 휘젓고 다
녔다.

아직 새싹에 불과한 꽃과 작은 묘목들이 내 눈을 스치고 지
나갔고, 동면에서 깨어난 몇몇 동물들이 기지개를 켜는 모습
이 눈에 들어왔다.

모든 것이 새롭게 보였다.

이런 움직임 속에서도 그 모든 것이 세밀하게 눈에 들어오
는 것이 신기했다.

한참을 그렇게 돌아다니던 어느 순간, 나는 숨이 가빠오는
것을 느꼈다. 극성으로 내공을 끌어올렸기에 그렇게 오랜 시
간은 아니었지만 모든 내공을 소진한 것이다.

타탁—

나는 본래 서 있던 자리로 돌아와 심호흡을 하며 숨을 골랐
다.

"훌륭하다. 이제 얼마 있지 않으면 사성(四成)의 경지에 도달하겠구나."

근처에서 내 모습을 유심히 지켜보고 있던 사부가 고개를 끄덕이며 만족스러운 표정을 지었다.

"……?"

조금은 뜻밖이었다.

무공을 배운 이래 사부가 저렇듯 칭찬을 하는 것은 처음 있는 일이었다.

무슨 바람이라도 불었나?

사부답지 않은 모습이었기에 나는 한차례 고개를 주억거릴 수밖에 없었다.

"이제 다른 무공을 배워야 할 때가 온 것 같다. 내일부터는 더욱 수련이 힘들어질 터이니 마음의 준비를 하여라."

사부는 앞으로 익히게 될 본 문의 다른 무공들에 대해 말해주었다. 그것은 하나의 수법과 검법이었다.

수법(手法).

조금은 생소한 이름이다.

사부는 종종 나에게 강호에 관한 이야기를 들려주었는데, 권장법이나 금나수와 같은 무공에 대해서는 들어보았어도 수법에 관한 이야기는 들은 적이 없었다.

사부는 그 이유를 이렇게 설명했다.

이백여 년 전까지만 하여도 수법을 익히는 무인은 많았다.

천수신마(千手神魔) 갈홍.

그가 모습을 드러내고 강호에는 피바람이 불었다.

천개의 손은 잔인하면서 위력적이었다.

수많은 강호인이 그의 손에 목이 떨어졌고, 팔다리가 끊어져 나갔다.

그는 웃으며 살인을 즐겼다.

조금이라도 신경을 거슬린다거나 기분이 좋지 않다면 살상을 일삼았다.

결국 천수신마는 강호의 공적으로 지목되고 죽었지만, 당시 마지막 추격전에서 그는 무려 이백이 넘게 모인 군웅 중 절반을 죽이고 죽었다.

만약 그가 너무 심하게 잔인하지만 않았다면, 그리고 조금만 참을성이 있었다면 그는 당당히 한 지역의 패주로 군림할 수 있었을 것이다.

수공이라는 무공이 그렇다.

아무래도 손을 날카롭게 세워 상대를 해하는 무공인지라 잔혹하게 보일 수밖에 없다.

물론 특이한 무기를 사용하는 무공 중에서 더 잔혹한 것들도 많았지만, 무기를 사용하는 것과 손을 사용하는 것에는 커다란 차이점이 있었다.

정파의 무인들이 이와 같은 이유 때문에 수법을 익히지 않는다면, 사파의 무인들은 익히기가 난해하고 까다롭다는 이유 때문에 익히지 않는다.

초식에 실린 힘이나 위력으로는 권법이나 장법을 당할 수 없고, 오묘함으로는 금나수를 당할 수 없다. 적어도 수법을 익혀 어느 정도 성과를 보기 위해서는 일정 이상의 경지에 올라야 했다. 그렇지 않다면 큰 효과를 기대할 수 없었다.

결국 이래저래 어중간한 무공이 수법인 것이다.

그런 면에 있어서 갈홍은 조금은 특이한 무인이었다. 그는 마도인임에도 수공을 익혔고, 결국 절정을 넘어 최절정의 경지조차 넘어선 것이다.

하나, 본 문의 수법은 그와는 조금 다르다고 할 수 있었다.

위력으로는 권법이나 장법에 못지않고, 오묘함으로는 금나수를 능가한다. 또한 전부는 아닐지라도 대부분의 초식이 내가중수법으로 이루어져 겉으로는 웬만해선 상처를 남기지 않는다.

물론 그런 내가중수법을 사용하기 위해서는 박투술의 경지를 뛰어넘어야 하겠지만, 굳이 내가중수법이 아니라면 어떤가? 사공으로 취급받으면 어떻고 아니라면 어떤가?

중요한 것은 그 수법을 사용하는 사람이 바로 나 설무위라는 것이었다.

그것이면 족했다.

疾風歌

회상(三) 잊지 못할 수모를 당하다

질풍가

1397. 홍무(洪武) 삼십년.
홍무제, 병석에 드러눕다.
각지의 제후들이 불안한 기류를 느끼고 칩거함.

세월은 그 누구도 이기지 못한다고 했던가?
　마침내 세상이 좁다고 한탄하며 사해를 누비고 다니던 주원
장에게도 병마가 찾아왔다.
　본시 잦은 병치레로 만인의 가슴을 졸이게 만든 그였지만,
이번 병마는 평소와는 무엇인가 달랐다.

　　　　　*　　　　*　　　　*

내가 사부에게 무공을 배우기 시작한 지 삼 년이 조금 되지 않았을 무렵의 일이다.

이례적으로 사부는 나에게 하산하라는 명을 내렸다.

정확히는 하산이라기보다 단순히 사부의 심부름을 가는 것이었지만 말이다.

어쨌든 오 년이 넘는 긴 시간 동안 산에만 처박혀 있던 나로서는 무척이나 가슴 설레는 일이 아닐 수 없었다. 그렇게 나는 즐거운 기분으로 산을 내려올 수 있었다.

"이곳이 청양이구나."

이마에 흐르는 땀을 닦아낸 나는 고개를 돌려 한눈에 들어오는 청양(靑陽)의 전경을 둘러보았다.

기란산 북부 초입에 위치해 있는 청양은 인근 주위에서는 가장 커다란 마을이었다. 사백여 호가 넘어서는 가옥이 길게 늘어선 전경은 일대 장관이라 해도 과언이 아니었다.

"저곳이 사부가 말한 대망원이라는 장원이겠군."

마을의 정중앙에는 무려 부지의 절반을 차지하는 커다란 장원이 자리 잡고 있었다.

대망원(大望院).

기란산 북부에서 나오는 약초들의 집산지라고도 해도 좋을 정도로 그 규모가 방대한 곳이었다. 불모지나 다름없던 청양이 발전할 수 있었던 것도 대망원이 들어섰기에 가능한 일이었다.

나는 사부가 건네준 짐 꾸러미를 다시 짊어지고 걸음을 옮겼다.

두두두두—

그 순간 뒤편에서 자욱한 먼지구름과 함께 거친 말발굽 소리가 들려왔다.

대략 십여 명에 달하는 인원이 언덕 아래에서 말을 몰고 달려오고 있었다.

"어서 썩 비켜라!"

거리가 어느 정도 가까워지자 그들 중 한 명이 큰 목소리로 일갈을 내질렀다.

그 무례한 언행에 절로 눈살이 찌푸려졌지만 모처럼 모처럼만의 외출이었기에 시비를 일으키지 않으려 길 가장자리로 비켜섰다.

파파파팍—

말을 탄 일행은 자욱한 먼지를 일으키며 지나갔다.

"퉤, 예의라고는 모르는 것들이로군."

나는 입 안으로 들어온 먼지를 뱉어내며 인상을 찌푸렸다.

넓은 관도도 아니고 이런 좁은 길에서 저렇듯 말을 거칠게 모는 것은 기본이 되어 있지 않은 행동이었다.

"잠시 멈춰라!"

그 순간 후미에 있던 한 소녀의 입에서 목소리가 흘러나오며 그들이 일제히 멈춰 섰다.

"방금 무어라고 지껄였느냐?"

"누굴 말하는 것이오?"

"여기 너 말고 다른 놈팡이가 있단 말이냐?"

청의 궁장을 입은 소녀가 말머리를 돌려 나에게 다가왔다.

"글쎄올시다? 여기 나만 있는 것은 사실인 것 같은데 아무리 찾아봐도 놈팡이는 없는 것 같소."

"뭣이라!"

청의궁장소녀가 아미를 살짝 찌푸리며 나를 노려보았다.

"내가 틀린 말이라도 했소?"

"감히!"

"아아, 그만."

그 순간 백의를 걸친 이십대 초반의 사내가 앞으로 걸어나오며 입을 열었다.

"겨우 이런 일로 시간을 낭비할 필요 없다. 저자가 뭘 잘못했는지는 모르겠지만, 그렇지 않아도 길을 잘못 들어 지체한 시간이 많다. 어서 가자."

"오라버니!"

청의궁장소녀가 무척이나 못마땅한 표정으로 외쳤다.

"연아야, 너도 알다시피 이번 거래는 무척이나 중요하다."

"휴우, 알았어요."

청의궁장소녀는 마지못해하는 모습으로 말에 올라탔다.

"이번엔 운이 좋았다고 생각해라. 다음에 마주친다면 곱게 넘어가지 않을 것이다."

청의궁장소녀는 매서운 눈빛으로 한차례 나를 노려본 뒤 일행과 함께 말머리를 돌려 사라졌다.

"어이가 없군."

나는 멀어져 가는 그들을 보며 헛웃음을 흘렸다.

누가 운이 좋았단 말인가?

만약 그들이 손을 쓰려 했다면 땅바닥에 널브러진 것은 내가 아니라 그들이었을 터다.

터벅터벅—

어쨌든 기분이 상한 나는 그다지 유쾌하지 않은 걸음걸이로 대망원으로 향했다.

"어떻게 오셨습니까?"

대망원에 도착하자, 정문을 지키고 있던 문지기 중 한 명이 나를 맞이했다.

"약초를 팔러 왔습니다."

"그렇군요. 그럼 잠시만 기다리시지요. 조금 있으면 사람이 나와 안내할 것입니다."

문지기는 친절하게 대답했다.

잠시 후, 문지기의 말처럼 한 명의 백의중년인이 걸어나왔다.

"많이 기다리지는 않으셨는지요. 저를 따라오시면 됩니다."

"네."

나는 백의중년인을 따라 장원 안으로 걸음을 옮겼다.

"어떤 약초를 팔러 오셨는지요? 짐을 보니 양은 그리 많은 것 같지 않은데……."

"삼 년 정도 된 일엽초(一葉草)와 구절초(九折草)를 가지고 왔습니다."

"그렇군요."

담담한 말투와는 다르게 백의중년인은 조금은 뜻밖이라는 표정으로 나를 쳐다보았다.

일엽초나 구절초 모두 비싼 약초라고 할 수는 없겠지만, 그렇다고 쉽게 구할 수 있는 것도 아니었다. 아무리 대망원이라 하더라도 보유하고 있는 양이 그다지 많지 않을 터이다.

그저 싸구려 나물에 불과했던 일엽초와 구절초가 약초로 분류된 데에는 종기에 탁월한 효과가 있다고 알려지면서부터였다.

아직까지 그 효능이 확실히 밝혀진 것은 아니었지만 여러 의원들이 갖가지 실험을 하고 있어 곧 그 효능이 명확하게 밝혀질 터이다.

"아, 그리고 이 약초들과는 별개로 이곳의 장주님을 만나 뵈러 왔습니다."

"장주님을요?"

"그렇습니다."

"음… 혹시 사전에 미리 연락을 하셨습니까?"

백의중년인은 지금까지와는 다른 무척이나 조심스러운 태도로 물었다.

"그건 아닙니다만······."

"그럼 죄송하지만 어렵겠습니다. 장주님은 이렇게 약초를 사고파는 일에 관여하시는 분이 아닙니다. 나이로 보아선 친분이 있을 것 같지는 않고······."

"이것을 전하면 될 것이라 하였습니다."

나는 품 안에서 사부가 적어준 서찰을 꺼내 백의중년인에게 건넸다.

"흐음··· 전해는 드리겠습니다만, 확신은 하지 못하겠군요. 일단 기다리시는 동안 약초부터 거래를 하시지요."

"알겠습니다."

"이리로 가시면 됩니다."

그렇게 나는 백의중년인을 따라 걸음을 옮겼다.

"어이, 빨리빨리 하드라고!"

"이봐, 여기가 먼저야! 뭣들 하는 거야!"

내가 백의중년인을 따라 들어간 곳은 중심부에 위치한 상당히 커다란 전각이었다.

전각 안은 무척이나 시끄러웠다. 그리고 사람 사는 냄새가 물씬 풍겼다.

"줄을 제대로 서라고! 밀지 말고! 그래야 빨리 끝나지!"

"젠장, 이건 두 냥은 받아야 한다고."

"그럼 다른 곳을 알아보든지."

전각 안에 있는 사람들 대부분이 약초를 팔거나 사러 온 사람들이었고, 간혹 호위무사로 보이는 듯한 사람들이 이리저리 돌아다녔다.

"아삼, 자네가 이분의 거래를 맡아주게."

"그리합죠."

체구가 무척이나 작은 삼십대 초반의 장년인이 나에게 다가와 짐을 건네받았다.

"잠시만 쉬고 계시우, 내 금방 무게를 달아보고 가격을 매길 테니. 뭐, 사기를 당할 걱정은 안 해도 좋수. 적어도 우리 대망원에서 구리 돈 한 푼이라도 사기를 당하는 일은 없으니."

아삼이라 불린 장년인은 빠른 손놀림으로 일엽초와 구엽초를 구분하며 쉴 새 없이 말을 건넸다.

"모두 스물닷 냥이우. 자, 이것을 건네면 저쪽에서 은자를 건네줄 거외다."

그는 나에게 전표와 비슷한 종이를 건네주었다.

나는 그것을 받아 들고 그가 말한 곳으로 가 은자를 받았다. 특별히 가격에 대해 의심을 갖지는 않았다. 사부 역시 이곳에서 주는 대로 받아오면 된다고 하였으니까.

"헉헉, 이곳에 계셨군요."

그 순간 저 멀리서 백의중년인이 숨을 헐떡이며 내가 있는 곳으로 급하게 달려왔다.

"장주님께서 만나시겠답니다."

"지금 바로 말입니까?"

"그렇습니다. 가시지요. 제가 안내하겠습니다."

무엇이 그리도 급한지 백의중년인은 서둘러 밖으로 나갔다.

"한데 스승님께서 저희 장주님과 상당히 친분이 있으신 것 같습니다?"

"무슨 말씀이신지······."

"저희 장주님께서는 예의를 무척이나 갖추시는 분인지라 지금까지 단 한 번도 이런 식으로 손님을 만나신 적이 없습니다. 항상 빈관으로 먼저 들게 하셨지요. 더구나 당가에서도 약초 문제로 손님이 와 계신데 먼저 모셔오라 하시는 것을 보면······."

"저는 잘 모르겠습니다."

"그렇군요. 아, 이제 다 왔습니다. 바로 저곳입니다."

이런저런 이야기를 나누는 사이 어느새 장주가 머무르는 곳에 도착했다.

그곳은 처소라기보다는 사방이 대나무로 둘러싸여 있는 자그마한 숲 같았다.

"장주님께서 번잡스러운 것을 워낙 싫어하시는지라 여기서부터는 혼자 들어가셔야 합니다."

"알겠습니다."

나는 곧장 대나무 숲으로 걸어 들어갔다.

"자네가 이 서찰을 가지고 온 사람인가?"

외길을 따라 들어간 나는 정자나무 아래 앉아 있는 한 노인을 볼 수 있었다.

나이를 짐작할 수도 없을 정도로 백발이 성성한 노인은 형형한 안광을 번뜩이며 나를 바라보고 있었다.

　'무인이다.'

　그것이 노인을 처음 본 내 생각이었다.

　그러나 그 생각이 틀렸다는 것을 알아차리는 데에는 그리 오랜 시간이 걸리지 않았다.

　형형한 안광과 전신에서 느껴지는 기세와는 다르게 일정 이상 수준의 무인이라면 누구에게나 볼 수 있는 태양혈 부근의 볼록한 흔적이 보이지 않았다.

　그렇다고 노인이 반박귀진(返璞歸眞)의 경지에 이르렀다고는 생각할 수 없었다. 아무리 중원 천하가 넓다 하나 반박귀진의 고수가 흔한 것은 아니었다.

　'대체 누구지……?'

　사부와 친분이 있다는 것과는 별개로 이 노인에 대해 알고 싶어졌다.

　내공을 수련하지 않았음에도 끝을 알 수 없을 정도의 깊은 눈빛과 전신에서 자연스럽게 흘러나오는 기도. 그것은 절정을 넘어선 무인들조차 보일 수 없는 것이었다.

　'군부!'

　불연 듯 내 머릿속에 한 가지 가정이 떠올랐다.

　그것은 노인이 군부에 몸을 담고 있었을지도 모른다는 추측이었다. 그렇지 않고서야 상대를 압도하는 듯한 노인의 기도를 설명할 길이 없었다.

"내가 이 서찰을 가지고 온 사람이냐고 물었네만?"

"죄송합니다. 제가 잠시 딴생각을 했습니다."

나는 고개를 급히 고개를 숙인 후 말을 이었다.

"그렇습니다. 제가 바로 설무위라고 합니다. 이곳의 장주님 이십니까?"

"그렇다네. 내가 이곳의 장주로 있는 사람일세. 먼 길을 오느라 힘들었을 테니 앉게나."

"그럼."

나는 노인의 앞에 자리를 잡고 앉았다.

쪼르르륵—

노인은 미리 준비한 차를 따라주었다.

차에서는 마치 아침 이슬을 머금은 듯한 향기가 났다.

차에 문외한인 나로서도 비싼 차라는 것을 알 수 있을 정도의 그런 향이었다.

"들게나."

"예."

향기만큼이나 맛도 좋았다. 먼지로 인해 텁텁해졌던 입 안이 개운해지는 느낌이었다.

그러고 보니 사부도 차를 좋아했다. 이따금씩 마시는 편이었지만 어쩌다 귀한 차를 구할 때면 한참이고 차의 향을 즐겼다. 대화를 풀어나가는 방식도 그렇거니와 노인과 사부는 이상하게도 흡사한 점이 많았다.

"그분께서는 잘 계신가?"

"그분이시라면……?"

"자네 스승님을 말하는 것일세."

노인이 희미한 미소를 머금으며 말했다.

"아, 물론입니다. 오히려 너무 건강하셔서 탈이지요."

"그런가?"

노인은 미소를 머금은 채 조용히 눈을 감았다.

옛 기억이라도 떠올리는 것일까?

일을 서둘러 처리하고 싶었지만, 노인의 입가에 걸린 미소에 나는 차마 분위기를 깨뜨릴 수 없었다.

상당히 오랜 시간이 지나고서야 노인이 눈을 떴을 때, 나는 품속에서 하나의 목합(木盒)을 꺼냈다.

"이것을 전해 드리라 하셨습니다."

"휴……."

노인은 한숨을 내쉬며 목합을 바라보았다.

"결국 그분께서는 마음을 돌리지 못하셨군. 아니, 돌릴 수 없으셨을 테지."

"무슨……?"

"아, 자네에게 한 말이 아니니 신경 쓰지 말게."

노인은 별거 아니라는 듯이 손을 휘이 내저었다.

"더 하실 말씀이 없으시다면 저는 이만 나가보도록 하겠습니다."

나는 자리에서 일어나 노인에게 정중히 고개를 숙였다.

어차피 사부가 시킨 일은 모두 완수했으니 더 이상 답답한

이 자리에 있을 이유가 없었다.

그리고…

왜인지는 모르겠지만 내 직감이 이 자리를 벗어나라 말하고 있었다.

"잠시만 기다려 보게."

노인은 발걸음을 옮기려던 나를 불러 세운 후 품속에서 무엇인가를 꺼냈다.

그것은 쇠로 만들어진 상자로 내가 건넨 목합과 마찬가지로 봉합되어 있었다.

"이것을 가지고 가게."

"이게 무엇입니까?"

"이 물건을 자네 스승님께 드리면서 이 말을 전해주게나."

잠시 한 호흡을 쉰 노인이 말을 이었다.

"이무기는 여의주를 물고 태어나지 않았지만, 이미 만들 수 있는 능력을 갖추었다고 말이야."

"……."

두근!

뭔가 알지 못할 기묘한 느낌이 전신을 사로잡았다.

무언가 대답을 해야 했지만, 차마 입이 떨어지지 않았다. 이 말을 사부에게 전해서는 안 될 것 같은 느낌이 강하게 들었다.

이것 때문이었나, 그토록 이 자리를 벗어나야 한다는 생각이 든 것은?

미신이라고 생각할 수도 있겠지만, 이상하게도 예전부터 내 예감은 잘 들어맞았다. 그것은 내가 무인이 되고 난 이후에도 마찬가지였다.

사부와 대련 형식으로 진행되는 비무 시에 나는 느낄 수도 없고 보이지도 않는 공격을 몇 차례 피해낸 적이 있었다.

오로지 예감에 의한 판단이었다.

수백, 아니, 셀 수 없을 정도의 무수한 잔영 속에서 그것은 천운에 가까운 일이었다. 그런 상황이 몇 차례 이어지자 사부는 나에게 이런 말을 했었다.

"후일 강호에 나가게 되어 너보다 강한 상대와 부딪치게 된다면 그 직감이 적어도 네 목숨을 한 번은 구해줄 것이다."

"알아들었는가?"

노인이 내 대답을 요구했다.

꿀꺽.

나는 마른침을 삼키며 노인을 바라보았다. 노인은 내 두 눈을 직시하고 있었다.

"......"

조금의 시간이 흘렀다.

노인의 시선은 여전히 내 두 눈에 머물러 있었다.

"알겠습니다."

결국 나는 그렇게 하겠다고 대답했다.

예감은 좋지 않았지만 이것은 어디까지나 사부와 이 노인의 일. 내가 간섭할 수는 없었다.

"좋네. 그럼 이만 가보도록 하게."

"물러가겠습니다."

나는 노인에게 정중히 인사를 마친 뒤 그곳을 빠져나왔다.

'무엇일까……'

나는 당장이라도 품 안의 철합을 열어보고 싶다는 욕구를 참을 수 없었다. 그러나 그럴 수는 없는 일이었다. 이 철합의 주인은 내가 아니라 사부였다.

터벅터벅.

정처없이 걸었다.

그렇게 얼마나 걸었을까?

툭—

대나무로 이루어진 담을 지나 모퉁이를 지나치는 순간, 누군가와 부딪쳤다. 정신을 다른 곳에 팔고 있었기에 일어난 일이었다.

"뭐야, 당신?"

"아, 죄송합니다. 잠시 다른 생각을 하던 도중에……."

"오호, 이게 누구야?"

시선을 돌린 곳에는 얼마 전 시비가 붙었던 청의궁장소녀가 표독한 눈빛으로 나를 쳐다보고 있었다.

"아가씨!"

"괜찮으십니까?"

조금 떨어진 곳에서 뒤따라오던 대여섯 명의 자의인이 급하게 달려왔다.

"너희들 눈에는 지금 내가 괜찮아 보여? 대체 저런 놈이 내 근처까지 오는데 뭐 하고 있는 중이었지? 눈깔이 썩어버리기라도 한 거야? 이것 좀 보라고. 부딪쳐서 멍까지 생겼잖아!"

청의궁장소녀가 목소리를 높이며 매섭게 자의인들을 추궁했다.

실로 기가 막힌 일이었다.

멍은커녕 먼지조차 묻어 있지 않은 깨끗한 팔이었다. 눈깔은 아무래도 저쪽이 썩어버린 듯싶었다.

"죄, 죄송합니다."

"뭣들 하고 있어? 저놈을 그대로 둘 생각이야?"

"그, 그럴 리가 있겠습니까? 저희들이 단단히 혼쭐을 내주겠습니다."

자의인들은 연신 고개를 조아린 후에 신형을 돌려 나에게 걸어왔다.

"이 녀석, 얼마 전에도 아가씨의 기분을 상하게 하더니 간이 배 밖으로 나왔구나."

"……"

피식.

하도 어처구니가 없었기에 대꾸도 하지 못한 채 그들이 다가오는 것을 지켜보았다.

유유상종(類類相從)이라!

자의인들이나 그들을 부리는 소녀나 그들의 모습은 그 말이 너무나도 잘 어울렸다.

"쓴맛을 보여주마!"

다가오던 자의인 두 명 중 한 명이 나에게 주먹을 휘둘렀다.

전후 사정도 알아보지 않은 채 무작정 주먹질을 하는 자의인을 보며 나는 눈살을 찌푸렸다. 부딪친 것은 분명 내 실수였지만 청의궁장소녀 역시 잘못이 없다고는 할 수 없었다.

휘릭―

나는 신법을 펼쳐 자의인의 공격을 피하며 뒤로 물러났다.

"그만 합시다."

이런 곳에서 싸우고 싶은 생각은 없었다. 품 안에 있는 철합도 마음에 걸렸다. 그러나 자의인은 그만둘 생각이 없는 듯싶었다.

"한수 재간이 있었구나."

자의인은 뜻밖이라는 표정으로 나를 바라보았다.

"시골 무지렁이라 생각하고 적당히 하려 했는데 안 되겠구나."

자의인이 재차 나에게 달려들었다.

"시골 무지렁이?"

그 말이 나를 자극했다. 나는 몸을 팽이처럼 회전시키며 자의인의 옆구리를 후려쳤다. 진산장의 한 초식인 회연중망(廻連重輞)이었다.

퍽―

자의인은 그대로 일장을 얻어맞고 나가떨어졌다.

"끄윽……."

자의인은 옆구리를 움켜쥔 채 한동안 자리에서 일어나지 못했다.

"이놈, 아주 간덩이가 부었구나!"

그러자 다른 자의인이 앞으로 나섰다.

"어디서 한 수 배운 듯한데, 그런 삼류장법 따위를 믿고 까불다간 어떻게 되는지 보여주마."

자의인은 동료가 방심한 것에 불과하다고 생각하는 모양이었다.

그도 그럴 것이 자의인의 말처럼 진산장은 강호인이라면 누구나 알고 있는 장법에 불과했다. 그런 장법에 당했으니 동료가 방심했다고 철석같이 믿는 것도 당연했다.

"그만 하지."

"네놈이나 그만 해라."

자의인은 비웃음을 흘리며 쇄도해 왔다.

종전과는 다르게 자의인의 주먹에는 만만치 않은 진기가 실려 있었다. 그러나 단지 그것뿐이었다. 나는 재차 회연중망의 초식을 사용하여 자의인을 공격했다.

퍽—

이번 자의인 역시도 내 공격을 피하지 못하고 나가떨어졌다.

구내여 같은 초식을 사용한 것은 실력 차이를 가르쳐 주려는 생각에서였다. 그제야 다른 자의인들이 얼굴을 굳히고 나를 둘러쌌다.

"이쯤 되었으면 물러나는 것이 좋지 않겠나?"

나는 혀를 차마 나가떨어져 있는 자의인들을 바라보았다.

"이이익……."

청의궁장소녀가 암팡지게 움켜쥔 두 손을 부르르 떨며 버럭
소리를 내질렀다.

"지금 뭣들 하는 거냐! 더 이상 시간을 끌면 본가로 돌아가
서 너희들을 가만두지 않겠다!"

'응?'

조금 이상한 기분이 들었다.

무엇인가 믿는 구석이라도 있는 것일까?

그렇지 않고서야 설력의 차이를 절감했을 터인데, 이럴 수
는 없는 일이었다. 하지만 여전히 자의인들의 움직임은 이전
과 비해 별다른 차이가 없었다.

청의궁장소녀의 외침에 나머지 네 명의 자의인이 살기를 내
뿜으며 달려들었다.

나는 느긋한 태도로 그들을 마주쳐 갔다.

이미 자의인들의 수준은 파악한 연후였고, 그 정도로는 수
가 많다고 해서 별다른 위협이 되지 않았다.

하나 그것은 나만의 착각이었다.

쇄애액—

돌연 자의인들의 손에서 한줄기 빛살이 뿜어져 나왔다.

"크윽."

방심하고 있던 나는 미처 그것들을 전부 피해내지 못했고, 내 허리춤과 오른쪽 정강이에는 각기 하나의 빛살이 쑤셔 박혔다.

"암기?"

허리춤에 박힌 것은 투풍표(透風鏢)로 암기의 일종이었다. 애초부터 그들의 장기는 박투술이 아니었던 듯 자의인들은 계속해서 암기를 뿌려댔다.

"이런 치사한!"

나는 이를 악물며 투풍표를 뽑아냈다. 그리고 분노에 찬 고함을 터뜨렸다.

비겁하게 암기를 사용하다니!

그것도 합공이라는 수를 사용하면서.

쐐애애액!

지금까지와는 다르게 나는 전력을 다해 자의인들을 공격했다.

우지근─

한 명의 자의인이 내 주먹을 얻어맞고 나가떨어졌다.

그사이 다시 하나의 투풍표가 등 한복판에 깊숙이 쑤셔 박혔다.

"크으윽……."

종전과는 다르게 넓게 포위하여 암기를 뿌려대는 자의인들은 여간 상대하기가 까다로운 것이 아니었다. 무엇보다 정강이에 입은 부상이 운신의 폭을 좁히고 있었다.

"우아아악!"

나는 괴성을 지르며 자의인들에게 쇄도해 들었다.

분노가 머리끝까지 치밀어 올랐다. 고작해야 이런 자들조차 어쩌지 못하고 있는 건가? 상처를 입든 말든 신경조차 쓰지 않았다. 오기는 이럴 때 보여주라고 있는 것이었다.

다시 한 명의 자의인이 나가떨어지며 어느 순간부터 자의인들이 질린 표정으로 주춤주춤 물러서기 시작했다.

'이 싸움은 내가 이겼다.'

나는 확신했다.

이제 자의인은 두 명만이 남아 있을 뿐이었고, 그들은 오로지 물러서기에 급급했다.

그 순간이었다.

어찔…….

내 신형이 한차례 휘청거렸다.

어찌 된 영문인지 모르겠지만 머리가 어지러워지며, 목구멍에서는 구역질이 치밀어 올랐다.

"이, 이게……."

그것은 언젠가 겪어본 일이었다.

오래된 일이었지만, 보법 수련을 하다 그만 잠자고 있는 뱀을 건드린 적이 있었다.

그것은 칠홍사(七紅蛇)라는 무서운 극독을 지닌 뱀이었고, 나는 며칠 밤낮을 고생하고서야 가까스로 독을 이겨낼 수 있었다.

"더러운 것들!"

백의장년인에게 들었던 이야기가 불현듯 떠올랐다.

그제야 나는 청의궁장소녀를 비롯하여 자의인들이 누구인지 알아차릴 수 있었다.

사천당가(四川唐家).

그들은 바로 독과 암기로 유명한 사천당가의 무인들이었던 것이다.

"이것이 당당한 명문정파라고 떠벌리고 다니는 놈들이 할 짓이란 말이냐!"

내 입에서 분노에 찬 고함성이 터져 나왔다.

"흥! 독을 사용하는 문파에서 독을 사용하는 것이 당연하지, 무슨 헛소리를 하는 것이냐? 뭣들 하느냐? 어서 저놈의 주둥아리를 못 쓰게 만들어라!"

"알겠습니다."

자의인들이 기다렸다는 듯이 나에게 달려들었다.

독에 의한 상처로 내 움직임은 둔화될 수밖에 없었고, 자의인들의 공격을 피해내는 것은 불가능에 가까웠다. 아니, 그것은 공격이라고 하기보다 구타에 더 가까웠다.

털썩.

견디다 못해 한쪽 무릎이 땅에 닿았다.

그러는 사이 쓰러져 있던 자의인들이 하나둘 일어나기 시작했다.

손을 독하게 쓰지 않은 것이 후회가 되었다. 그저 혼을 내줄 요량이었기에 요혈을 치지 않았는데 그것이 이제 내 목줄을 조여오고 있었다. 자의인들에게 얻어맞으며 차후 다시는 이런 실수를 범하지 않으리라 다짐하고 또 다짐했다.

와직—!

혀를 깨물었다. 비릿한 피 맛이 혀끝을 맴돌았다.

그러자 어느 정도 정신이 들었다.

이 싸움에서 내가 이기지 못할 것이라는 사실을 본능적으로 느낄 수 있었다. 그러나 그것이 지금은 아니었다. 그것은 내가 힘이 다해 더 이상 주먹을 휘두르지 못하는 시점이 될 터였다.

부웅—

휘두르고 또 휘둘렀다.

한 줌의 진기조차 들어가 있지 않은 삼류파락호보다 못한 주먹질이었지만 나는 멈추지 않았다. 그들의 주먹이 내 전신을 구타해도, 발길질이 내 얼굴을 짓눌러도 그것은 마찬가지였다.

"지독한 놈……."

자의인들이 질린 눈빛으로 나를 바라보았다.

"어디 이것도 한번 버텨보아라!"

어디서 구해왔는지 한 자의인의 손에 몽둥이가 들려 있었다. 자의인은 그것으로 나를 후려쳤다.

우득—

급히 몸을 웅크렸지만 몽둥이는 정확히 내 옆구리를 파고들었다.

스르륵…….

두 다리에 힘이 풀리며 내 몸이 힘없이 무너져 내렸다.

'젠장맞을…….'

마침내 한계가 온 것인가?

다시 일어나고 싶었지만 몸이 말을 듣지 않았다.

자의인들은 땅바닥에 드러누워 있는 내 몸에 무차별 발길질을 가했다.

"흥! 맛이 어떠냐?"

청의궁장소녀는 조소를 머금은 얼굴로 다가와 내 얼굴을 내려다보았다.

"왜? 안마라도 더 해주려는 것이냐?"

나는 비웃음이 가득 담긴 목소리로 대답을 대신했다.

"이놈이 아직도!"

그런 내 모습에 더욱 화가 난 청의궁장소녀는 발을 동동 구르며 화를 냈다.

"아직 정신을 못 차렸구나. 정신을 차릴 때까지 계속해라!"

"더 이상 한다면 목숨이……."

자의인 중 한 명이 조심스럽게 말을 꺼냈다.

"상관없다. 책임은 내가 질 터이니 너희들은 명령이나 따라라."

"하지만 이곳은 대망원입니다. 이 일이 이곳 장주님의 귀에 들어가기라도 한다면 가주님께서 경을 치실 것입니다."

"상관없다 하지 않느냐!"

청의궁장소녀는 전혀 개의치 않는 표정으로 버럭 고함을 내질렀다.

"너희들이 싫다면 내가 하마."

청의궁장소녀가 품속에서 무엇인가를 꺼내 들었다. 날이 날카롭게 세워져 있는 그것은 소도(小刀)였다.

"이래도 견디나 보자."

청의궁장소녀는 소도를 그대로 내 넙적다리에 쑤셔 넣었다.

퍽—

소도는 그대로 내 허벅지를 꿰뚫었다.

'으드득……'

이를 악물었다.

뒤틀리는 고통에 비명이 터져 나올 것 같았다. 그러나 나는 눈에 핏발이 서면서까지 참아냈다.

"흥, 제법 강단이 있다는 것은 인정하마. 하지만 이것까지 견디나 보겠다."

청의궁장소녀는 섬뜩한 표정을 지으며 두 손으로 깊이 박힌 소도를 빼내었다. 그리고 피에 젖은 소도로 주저없이 내 얼굴을 그었다.

주르륵…….

화끈거리는 느낌과 함께 내 얼굴에서는 핏물이 흘러내렸다.

나는 미동조차 하지 않고 청의궁장소녀가 하는 짓을 지켜보았다.

보기에 흉하기야 하겠지만 어차피 무인으로 살아가기로 마음먹은 터, 그까짓 상처 한두 깨쯤이야 아무렇지도 않았다. 오히려 얼굴보다는 다른 곳에 입은 상처가 더 신경이 쓰였다.

"푸하하, 계집이라 그런지 생각하는 것도 조잡하구나. 네년이야 얼굴이 생명일지 몰라도 나까지 그렇다고 착각하지는 말아라. 하긴, 네년 상판을 보아하니 얼굴에 줄 몇 개 간다 해도 상관없겠지만 말이다."

"이익……!"

청의궁장소녀의 얼굴이 분노와 수치심으로 인해 붉게 달아올랐다. 너무나도 통쾌한 기분이었다.

"이 노오옴!"

청의궁장소녀는 치밀어 오르는 화를 참지 못하고 내 뺨을 때리기 위해 손을 들었다.

나는 그 순간을 놓치지 않았다.

온 힘을 짜내어 상체를 일으킨 후에 머리로 얼굴을 들이박아 버렸다.

"아악!"

청의궁장소녀는 고통을 참지 못하고 코를 감싸며 떼구루루 굴렀다.

"이, 이, 아주 죽여 버리겠다."

자리에서 일어난 청의궁장소녀는 표독한 눈빛으로 소도를 쥔 채 나에게 다가왔다.

"이게 무슨 짓이냐?!"

그 순간 어디선가 굵직한 목소리가 울려 퍼졌다.

"오라버니?"

나는 간신히 고개를 들어 목소리가 들려온 곳으로 시선을

72 질풍가

돌렸다.

그곳에서는 얼마 전 보았던 백의를 걸친 이십대 초반의 사내가 걸어오고 있었다.

"연아야, 무슨 일이냐?"

백의사내는 단단히 화가 난 표정으로 청의궁장소녀를 바라보았다.

"저놈이 저를 희롱했어요."

희롱?

이게 무슨 얼토당토않은 누명이란 말인가? 나는 거지였을 때에도 그런 짓을 하는 파락호들을 금수만도 못하게 생각했다.

"그래도 그렇지, 이곳이 어디라고 이런 소란을 피운단 말이냐?"

"그래도……."

"내 본가로 돌아가는 즉시 아버님께 이 일을 고하겠다."

"오라버니……."

"시끄럽다!"

백의사내는 더 이상 들을 가치도 없다는 듯이 세차게 고개를 내저었다.

웅성웅성…….

소란스러운 소리에 주위에서 차츰 하나둘 사람들이 모여들기 시작했다. 백의사내는 모여든 사람들을 둘러본 후 얼굴을 찌푸리며 말했다.

"어서 치료해 주고 장주님을 뵈러 가자."

"치료해 주라구요?"

"하면? 저자가 어떻게 되기라도 하면 뒷감당할 자신이 있더냐?"

"그건 아니지만……."

"그럼 더 이상 말하지 말거라. 뭣들 하느냐? 속명환이라도 내주어 목숨은 부지시켜 주어라!"

"알겠습니다."

백의사내의 말에 자의인들 중 하나가 마지 못하는 표정으로 나에게 다가와 회색 빛의 단약을 주워 먹으려는 듯 땅바닥에 내던졌다.

"필요없으니 꺼져라!"

"이, 이런 잡놈이?"

"뭐 하는 짓이냐! 치료해 주라고 하지 않았느냐!"

"죄송합니다. 곧 가겠습니다."

자의인은 건성으로 내 상처에 금창약을 발라주며 교묘히 상처 부위에 충격을 가했다. 그리고는 일행이 있는 곳으로 되돌아갔다.

"본가의 속명환을 먹었으니 잠시 후면 일어날 수 있을 것이다. 네놈 따위에게 주기는 아까운 것이지만, 이곳 장주님의 체면을 생각해서 주는 것이니 앞으로는 주제 파악을 하고 살아라."

백의사내는 훈계라도 하듯이 말을 내뱉은 후 일행과 함께 걸어갔다.

"괜찮소?"

"쯧쯧, 오늘 송장 하나 치우는 줄 알았소."

모여들었던 사람 중 몇 명이 다가와 나를 부축했다.

"저 소저는 원래 사천당가에서도 내놓은 사람이오. 소협이 이해하시게."

"나도 들은 적이 있소. 그래서 같이 다니는 호위들도 하나같이 무공도 변변치 않은데 성격만 더러운 놈들이라고 하더군. 왜 있지 않은가? 저번에 황 영감님도 당했지."

"나도 들었네. 호되게 당했다고 하더군."

다른 이야기는 귀에 들어오지도 않았다.

중요한 것은 자의인들의 무공이 사천당가에서도 변변치 않은 정도에 불과하다는 것이고, 아무리 독을 사용했다고는 하지만 내가 그런 자들조차 이겨내지 못했다는 사실이었다.

"자자, 이럴 것이 아니네. 다시 저들의 눈에 띄기 전에 어서 이곳을 떠나게."

"뭐 하고 있나? 와서 좀 거들라고."

여러 사람이 나를 부축했다. 나는 그들의 도움을 받아 가까스로 대망원을 빠져나올 수 있었다.

"으윽……!"

전신에서 지독한 통증이 느껴졌다.

무엇보다 소도에 찔린 상처가 깊어 지혈을 했음에도 피가 계속해서 흘러나오고 있었다.

"주제 파악을 하라고? 하하, 하하하하!"

나는 들고 있던 회색 단약을 짓뭉갠 후에 내던져 버렸다.

그래도 약초를 캐며 어느 정도의 지식은 갖춘 나였다. 그것은 극독은 아니었지만 서서히 몸을 병들게 하는 독약의 일종이었다.

"두고 보자."

사천당가라… 내가 사부에게 들었던 그들의 모습은 결코 이렇지 않았다.

명문정파.

언제나 당당하며 대의명분을 추구하는 곳.

비록 사천당가가 수십여 년 전부터 정사 중간의 입장을 취하고는 있다지만 무구한 역사를 지닌 문파임은 부정할 수 없었다.

나는 한쪽 발을 질질 끌며 사부가 있는 기련산으로 향했다.

이대로 물러설 생각은 없었다. 그러기에는 너무 억울했다. 어떤 일이 있더라도 무슨 수를 써서라도 빚은 고스란히 갚아주리라.

하지만 아직 나에게는 힘이 없었다.

힘이 생기는 날.

나는 그날 사천당가를 찾아갈 것이다. 부디 그들이 나를 잊어버리지 않았기를 바라며.

疾風歌

회상(四) 나에게는 사형이 있었다

질풍가

1398. 홍무(洪武) 삼십일년.

홍무제 사망.

황태손 십육 세의 어린 나이로 즉위, 건문제(建文帝)!

새로운 세상이 왔다. 그와 더불어 한바탕 거센 바람이 몰아
쳤다. 학문을 좋아했던 건문제가 유학자 출신인 관료들의 영
향을 받아 개혁을 시작한 것이었다.

아직은 이르다는 세간의 평이었다. 더구나 건문제는 무엇에
라도 쫓기는 듯 너무 서두르고 있었다.

중추절(仲秋節).

그러니까, 그때 내 나이는 열여덟 살이었다.

나에게 있어 명절인 중추절이라고 해서 그다지 특별한 날은 아니었다. 늘상 있는 무공 수련이 전부라 해도 좋을 정도의 그저 그런 평범한 날이었다.

그럼에도 내가 중추절이라는 날을 이렇게 선명히 기억하고 있는 것은 하나의 뜻밖의 사건 때문이었다.

*　　　　　*　　　　　*

"네가 설무위라는 녀석이냐?"

언제부터 그곳에 있던 것인지 모르겠지만, 눈처럼 하얀 백의를 입은 사내가 내가 무공을 연마하는 곳이 훤히 내려다보이는 나무 위에 걸터앉아 있었다.

"……."

나는 조금은 의아한 표정으로 나무 위에 있는 사내를 쳐다보았다.

아무리 무공을 연마하는 데 정신을 집중하고 있다지만, 이런 지척 거리에서 사내의 인기척을 느끼지 못했다는 것은 이해할 수 없는 일이었다.

"흐음……."

사내의 얼굴은 본 내 입에서 나지막한 감탄성이 흘러나왔다.

수려한 용모의 사내는 여인들의 심금을 울릴 만큼, 실로 군계일학(群鷄一鶴)이라 할 수 있었다.

조금 아쉬운 점은 사내의 안색이 무척이나 창백하다는 사실이었다. 그 점만 아니라면 송옥이나 반악이 살아온다 할지라도 사내만큼은 아닐 듯 싶었다.

가히 기분이 좋지 않았다.

싹수없는 사내의 말투도 기분이 나빴지만 더 기분이 나쁜 것은 수려한 사내의 용모였다. 나이는 대략 이십대 후반 정도로 짐작되었고, 신장은 나와 비슷한 것이 육 척 정도의 장신이었다.

"내가 설무위라는 사람이 맞기는 한데, 그렇게 말하는 댁은 뉘시오?"

"버릇이 없구나."

사내가 인상을 찌푸리며 나무에서 내려왔다. 군더더기 하나 없는 깨끗하고 간결한 동작이었다.

"내가 버릇이 있든 없든 댁이 무슨 상관이오?"

"이제 겨우 신전수를 배우기 시작한 녀석이 자만심이 지나치구나."

"……."

나는 사내의 말에서 이상한 점을 느낄 수 있었다.

어찌하여 사내가 본문의 독문무공인 신전수에 대해 알고 있단 말인가?

"어디 실력이나 한번 보자."

사내가 피식 웃으며 손가락을 까닥거렸다.

우드득.

나는 고개를 비틀며 사내에게 다가갔다.

사내가 누구든 간에 지금 그가 보여주는 행동을 용납할 수 없었다.

나는 유영비를 펼치며 사내에게 쇄도했다. 그리고 두 손을 세워 내려쳤다.

신전수(神電手).

본문이 독문무공 중 하나가 내 손에서 펼쳐진 것이다. 대망원의 사건 이후 절치부심하며 이를 악물고 무공을 익힌 대가였다.

나는 내 공격에 사내가 꼼짝없이 당할 것이라고 확신했다.

휘잉─

하지만 그것은 나만의 착각에 불과했다.

어떻게 된 일인지는 모르겠지만, 사내는 그 자리에 존재하지 않았던 허상처럼 한 순간에 내 앞에서 사라져 버렸다.

사내가 있던 자리에는 오직 몇 장의 나뭇잎만이 바람에 휘날리고 있을 뿐이었다.

"멍청한 놈."

그 순간 다시 사내의 목소리가 들려왔다.

나는 급히 목소리가 들려온 곳으로 시선을 돌렸다. 애초부터 전혀 움직이지 않았던 것처럼 사내는 그 자세 그대로 나무 위에 걸터앉아 있었다.

"아무리 술법을 배우지 않았다고 한들, 이렇게 간단한 분신술 정도도 파악하지 못한 데서야 되겠느냐?"

"무슨 사술이냐!"

나로서는 사내의 그런 움직임이 사술이라고 단정지을 수밖에 없었다.

"이거 기본도 되어 있지 않던 건가?"

사내는 피식 실소를 흘리며 땅에 내려섰다.

'없군.'

나는 힐끗 나무 위를 바라보았다.

그곳에 더 이상 사내의 흔적은 보이지 않았다. 그렇다면 지금 내 앞에 있는 사내는 적어도 허상이 아니라는 것을 의미했다.

파파팟—

시간을 준다면 사내가 또 다시 어떤 치졸한 수법을 쓸지 몰랐기에 지체없이 달려들었다. 이번만큼은 사내가 내 공격을 피하지 못할 것이라 생각했다.

퍽—

그러나 그것은 내 착각에 불과했다.

사내는 너무나도 수월히 내 공격을 피해낸 후 눈에 보이지도 않을 속도로 나를 후려쳤다. 가슴을 얻어맞은 나는 잔기침을 토해내며 몇 걸음 뒤로 밀려났다.

"쿨, 쿨럭. 대체……."

나는 두 눈을 부릅뜨고 사내를 바라보았다.

내가 경악한 것은 다른 이유에서가 아니었다. 놀랍게도 사내는 나와 마찬가지로 신전수를 사용하고 있었다.

"어떻게 신전수를 아느냐?"

"머리가 나쁘지 않다고 들었는데, 그렇다면 눈치가 없는 것이로구나."

"다시 한 번 받아보거라."

나는 재차 신전수를 펼치며 사내에게 달려들었다.

하나, 그것은 그야말로 무모한 짓이었다. 사내의 신전수는 오히려 나보다 높은 경지였고 나는 달려드는 족족 사내에게 얻어터지고 나가떨어져야만 했다.

한참을 그렇게 얻어맞고 나는 결국 땅바닥에 대 자로 뻗었다.

그런 나에게 사내가 천천히 다가왔다.

"나는 한운천(韓雲天)이라고 한다."

여기저기 상처투성이인 내 얼굴을 내려다보며 사내가 말했다.

"더불어 네 사형이기도 하지."

사내의 입에서 도저히 믿지 못할 말이 흘러나왔다.

"사형이라……."

한참을 생각한 후에야 나는 사내의 말이 사실이라는 것을 믿을 수 있었다.

그렇지 않고서야 신전수를 저리도 능수능란하게 사용할 수는 없는 일이었다.

"처음 뵙습니다, 사형. 정식으로 인사를 드려야 하겠지만 상황이 이러니만큼 이해해 주십시오."

나는 누운 상태에서 사형에게 인사를 건넸다. 고개라도 움직이고 싶었지만 그럴 힘조차 없었다.

"사부의 말처럼 제법 재미난 놈이로구나."

사형이 그런 나를 보며 실소를 흘렸다.

그 순간 나는 지금까지와는 다르게 사형이 마음에 들었다. 그것은 사형 역시 나와 마찬가지로 사부라는 말을 사용한다는 이유 때문이었다.

"그런데 사형, 묻고 싶은 것이 있습니다."

"말해보거라."

"왜 그렇게 잘생기셨습니까?"

나는 조금은 부럽다는 말투로 물었다.

"뭐라? 하하하!"

내 말을 들은 사형이 치밀어 오르는 웃음을 참지 못하고 대소를 터뜨렸다. 나 역시 아픈 가슴을 부여잡고 대소를 터뜨렸다.

"받아라."

잠시 후 사형은 간신히 자리에서 일어난 나에게 호로병 하나를 건넸다.

"무엇입니까?"

"죽엽청(竹葉靑)이라는 술이다. 혼자 마시려고 했는데, 오다가 네 생각이 나서 한 병 더 사왔다."

나는 사형이 내민 호로병을 건네받았다.

"카아, 좋구나!"

어느새 사형은 호로병에 들어 있는 술을 마시고 있었다.

그렇게 몇 모금의 술을 들이킨 사형은 고갯짓으로 내 술병을 가리켰다.

"너도 마셔라."

"알겠습니다."

사형의 권유에 나는 호리병으로 입술을 가져갔다.

꾸르르륵.

목구멍을 타고 술이 넘어갔다.

이따금씩 사부가 술잔을 기울이는 것을 보았지만 실제로 마시는 것은 이번이 처음이었다.

"쓰군요."

"처음에는 그럴 것이다. 하지만 시간이 지나면 그 쓴맛이 달게 느껴질 것이다. 그리고 나선 온몸이 상쾌해지며 허공을 거니는 듯한 느낌을 받지. 하하, 순식간에 허공답보의 경지에 올려준다는 표현이 맞겠구나."

"그런데, 사형."

"왜 그러느냐?"

"대체 지금까지 어디에 계신 것입니까?"

"북해(北海)에 있었다."

"그곳에는 왜 가셨습니까?"

"살아남기 위해서였다."

그렇게 할 이야기가 아니었음에도 사형은 너무나도 태연하게 대꾸했다.

그 모습에 오히려 내가 머쓱할 정도였다.

"이유를 물어도 되겠습니까?"

나는 조심스럽게 말을 꺼냈다.

"못할 것은 또 무엇이 있겠느냐. 내가 본 문에 입문한 것은 열 살 때의 일이다. 내 나이가 지금 스물다섯이니 벌써 십오 년이라는 세월이 흘렀구나. 너는 열두 살에 입문한 것으로 알고 있다."

"그렇습니다."

"일일이 대꾸할 필요 없다. 괜히 시간 낭비하기 싫으니."

사형이 손을 내저으며 내 말을 막았다.

갈수록 사형이 좋아졌다. 생긴 것과는 다르게 사형의 성격은 무척이나 직설적이었다.

"나도 너와 같은 방식으로 사부에게 천기심공을 배웠다. 그래서 사 년이 넘는 시간 동안 그 지루한 호흡법만을 배워야 했지."

"그럼 사형도 사부에게?"

"물론이다. 격체전공(隔體傳功)으로 굳어진 혈맥을 타동시켜 주고, 내력의 원활한 순행을 돕는 방법 중 시술자의 내력 소모가 가장 적은 방법이 그렇게 물리적 타격을 이용하는 방법이다. 너나 나나 마찬가지겠지만 무공을 배우기에는 조금 늦었다고도 할 수 있는 나이이지 않겠느냐?"

"그렇군요."

사부가 그토록 나에게 모질게 주먹질을 한 데에는 다른 속사정이 있었다.

그것은 다름 아닌 굳어져 버린 혈맥의 타동을 위해서였다.

애초부터 그 사실에 대해 알고 있던 것은 아니었다. 그러나 무공에 대한 내 지식이 전반적으로 늘어나면서부터 자연스럽게 알게 되었다.

"당시 시간이 촉박했던 나로서는 천기심공을 끝마친 연후에 곧장 건곤신공의 수련에 들어갔다."

대체 무슨 시간이 없었다는 것인가?

그 연유에 대해 묻고 싶었지만, 아직 사형의 말이 끝나지 않았기에 참고 기다렸다.

"각고의 노력 끝에 이 년이라는 시간이 걸려 나는 건곤신공을 어느 정도 익힐 수 있었다."

사형의 말이 계속되었다.

"내가 조금 전 시간이 없다고 말한 이유는 내가 천양지체(天陽之體)를 타고났기 때문이다."

"천양지체가 무엇입니까?"

"천양지체란 태어날 때부터 신체에 응당 있어야 할 음기가 없고 양기만이 가득 차 있는 지체를 말하는 것이다. 천양지체는 무척이나 특이한 신체로서 그에 대해 알려진 바가 전무할 정도이다."

사형의 말이 이어졌다.

"본시 음과 양은 그 조화를 이루어야 하는 법. 당연히 천양지체를 가지고 태어난 사람은 오래 살지 못한다. 기껏해야 열일곱에서 오래 살면 스무 살이 고작이지. 하지만 천양지체라고 해서 반드시 스무 살 안에 죽는 것은 아니다."

"사형처럼요?"

"그렇다. 천양지체를 타고난 사람이 살 수 있는 방법은 두 가지가 있는데, 한 가지는 음기가 강한 영약을 복용하여 음과 양의 조화를 이루는 것이고, 나머지 하나는 천양지체 그 자체를 이겨내는 것이다."

"어떻게 이겨낸다는 것입니까?"

"내공 심법을 익혀 균형이 뒤틀린 신체를 정상적으로 돌리는 방법이다. 바로 본 문의 독문 내공 심법인 건곤신공에 그와 같은 효능이 있지."

"한데 북해에는 왜 가셨습니까?"

"말하지 않았느냐? 살아남기 위해서 갔다고."

나는 사형의 말이 좀처럼 이해가 가지 않았다.

북해에 한기가 밀집되어 있는 것은 사실이었다. 그러나 그렇다고 해서 건곤신공을 익힘에 있어 크게 도움이 되는 것은 아니었다.

물론 어느 정도야 도움이 되겠지만 그것도 한계가 있게 마련이었다. 그럴 바에 차라리 이곳에서 수련에 몰두하는 편이 나을 터였다.

"건곤신공이 비록 천양지체를 이겨낼 수 있게 해준다고 하지만 그것도 어느 정도 수위가 되어야만 가능한 일이지 않겠느냐? 당시 입문을 벗어난 나로서는 요원한 일이었지. 시간 상으로 보자면 건곤신공을 어느 정도 익혔어야 했지만 내 신체의 특성상 그 일이 그렇게 쉽지 않더구나."

사형이 쓴웃음을 지으며 말을 이었다.

"북해에 있는 신비 문파 빙궁(氷宮)에는 빙정(氷晶)이라는 보물이 하나 있다. 빙정에는 몇 가지 효능이 있는데, 그 효능 중 하나는 지니고 있는 사람의 몸에 음기를 불어넣어 준다는 것이다."

"아, 그래서 사형이 그곳에 가셨군요?"

"그렇다."

"그럼 이제 안전해지신 것입니까?"

"어느 정도는 그렇다고 할 수 있다. 그러나 아직 내 성취가 천양지체를 완전히 이겨낼 정도에 이르지는 못하였다. 앞으로 부단히 노력해야겠지. 웃차, 먼 길을 왔더니 피곤하구나. 좀 쉬어야겠다. 자세한 이야기는 나중에 기회가 닿는 대로 더 해주마."

"음……. 알겠습니다."

어느 정도의 성취에 이르러야지 천양지체를 이겨낼 수 있는지 궁금했지만 오랜 여정에 지쳐 있는 사형을 더 붙잡고 있을 수는 없는 노릇이었다.

"한데 혹시 그걸 벌써 다 마셨느냐?"

"네?"

"술 말이다."

사형의 시선은 내가 들고 있는 호리병에 가 있었다.

"당연히……."

나는 대답을 하던 도중에 순간적으로 중심을 잡지 못하고 상체를 휘청거렸다.

"사, 사형, 이게······."

어찌 된 영문인지 모르겠지만 머리가 어질거리고 말이 꼬여서 나왔다.

간신히 신형을 세워 사형을 바라본 나는 하마터면 호리병을 놓칠 뻔했다. 언제 분신술을 펼친 것인지 모르겠지만 사형의 신형이 세 개로 늘어나 있었다.

"사형."

"괜찮으냐?"

사형은 입가에 아리송한 미소를 지으며 나를 바라보고 있었다.

"분신술은 왜 또 펼치신 것입니까?"

"하하!"

사형은 박장대소를 터뜨렸다.

나는 그 대소 소리를 들으며 고개를 땅에 처박고 정신을 잃어버렸다.

그 뒤로 나는 사형과 항시 붙어 다녔다. 고된 수련 후에 이따금씩 사형과 근처 마을에 내려가 술 한잔이 어느덧 일상생활이 되어버렸다.

나는 사형이 정말로 좋았다.

疾風歌

회상(五)

사형에게 반하다

질풍가

1399. 건문(建文) 일년.
건문제 황사와 동창제독에게 황궁비고 개방.
동창과 금위위의 무공 수준이 크게 향상됨.

학문에만 관심이 있던 건문제가 어느 날부터인가 무공에 관심을 가지기 시작했다. 대장군을 비롯하여 적지 않은 관료들이 우려 섞인 시선을 보냈다.

황제가 여러 분야에 관심을 가진다는 것은 환영할 만한 일이었지만 지금은 극심한 혼란기였다. 무엇보다 정국에 온 힘을 기울여야 할 시기였다.

　　　　　*　　　　*　　　　*

　사형과 지내는 것은 더할 나위 없이 즐거웠다.

　무공에 대해 토론하고 이따금씩 사형이 해주는 강호의 이야기를 들으며 밤을 지새웠다.

　사형은 나이에 어울리지 않게 강호 경험이 많았다.

　북해에 있던 시간을 제외한다면 그것은 정말로 신기한 일이었다.

　그렇게 몇 달의 시간이 지나고, 언제부터인가 사형의 안색은 눈에 띄게 파리해지기 시작했다. 본시 사형의 안색이 창백했던지라 나는 그러한 사실에 대해 쉬이 알아차리지 못했다.

　그랬다.

　사형은 고통과 싸우고 있었다.

　천양지체.

　아직 사형이 이겨내지 못한 운명. 사형은 혼자서 그 지독한 고통을 이겨내고 있었던 것이다.

　"사형은 어디 갔습니까?"

　새벽 나절부터 보이지 않던 사형을 찾기 위해 온 산을 이 잡듯이 들쑤시고 다녔지만 그 어디에도 사형의 흔적은 보이지 않았다.

　"사부님?"

　"조용히 하거라. 왜 이리 부산스럽게 구느냐."

사부는 눈살을 찌푸리며 나를 나무랐다.

"죄송합니다."

사부의 심기가 편치 않은 것일까?

나는 조용히 사부의 눈치를 보며 입을 다물었다.

적지 않은 시간이 지나고서야 사부는 느릿한 말투로 입을 열었다.

"네 사형은 폐관 수련에 들어갔다."

"……?"

나는 이해할 수 없다는 표정으로 사부를 바라보았다.

폐관 수련이라니?

이제 막 가르침을 받기 시작한 마당에 무슨 폐관 수련이란 말인가?

사형이 돌아온 지는 불과 몇 개월밖에 지나지 않았고, 폐관 수련을 하려 했다면 구태여 이곳으로 돌아올 이유도 없었다.

"눈치없는 놈."

사부는 혀를 차며 한심하다는 듯한 표정으로 나를 보며 말을 이었다.

"네 사형은 지금 생사의 기로에 서 있다."

"그게 무슨……."

쿠쿵—

가슴이 덜컹 내려앉았다.

대체 이게 무슨 소리란 말인가? 사형이 생사의 기로에 서 있다니?

'설마……?'

문득 불길한 생각이 내 머릿속을 스치고 지나갔다.

그것은 사형이 천양지체에 대해 설명해 준 이야기에서 비롯되었다. 애써 아닐 것이라고 마음속으로 항변해 보았지만 사부의 표정은 내 짐작이 틀리지 않다는 것을 증명하고 있었다.

"그럼 사형은……."

"지금껏 그래왔듯이 이겨낸다면 적어도 십 년의 생명을 보장받을 것이오, 진다면 다시는 두 발로 땅을 딛고 서지 못할 것이다."

"사형은 지금 어디에 있습니까?"

나는 떨리는 목소리로 물었다.

"네가 가면 방해만 될 뿐이다."

"그런 상황이었다면 어째서 사형은 빙궁을 떠나 이곳으로 온 것입니까?"

나도 모르는 사이에 목소리가 높아졌다.

평상시였다면 감히 사부 앞에서 하지 못할 행동이었지만 그것은 그만큼 내 마음의 동요가 심하다는 것을 의미하고 있었다.

"네가 생각해 보아도 알 수 있는 일이다."

사부의 일침을 듣고서야 흥분했던 마음이 조금이나마 가라앉았다.

"더 이상 빙정이 도움이 되지 않아서입니까?"

"반은 맞고 반은 틀렸다."

사부는 고개를 저었다.

나는 다시 생각에 골몰해야 했다. 항상 사부는 그런 식이었다. 내가 스스로 해답을 찾을 때까지 조언만을 해줄 뿐 명쾌한 답을 주지 않았다. 그것은 무공을 익힐 때 역시 별반 다르지 않았다.

"빙궁에서 이곳까지 오는 데는 적지 않은 시간이 걸린다는 사실을 기억하거라."

그 순간 사형이 했던 말이 떠올랐다.

"시간상으로 보자면 건곤신공을 어느 정도 익혔어야 했지만 내 신체의 특성상 그 일이 그렇게 쉽지 않더구나."

그 말에 담긴 의미.

나는 그제야 사형의 씁쓸했던 미소의 의미를 깨달을 수 있었다.

사형은 건곤신공을 익히지 못한 것이 아니라 익힐 수 없는 것이었다. 그리고 그것은 내가 아직 도달하지 못한 경지임에 틀림없었다.

"혼자서 건곤신공을 일정 수준 이상 익히는 것은 불가능합니까?"

"그런 것은 아니다. 단지 네 사형의 체질이 그럴 뿐이다. 너에게는 해당되지 않는다."

"빙정만으로는 안 되었던 것입니까?"

"칠 년이라는 세월을 버틴 것조차 기적이다. 천형의 저주라는 구음절맥조차 천양지체와는 비교가 되지 않는다."

나는 천양지체에 대해서는 잘 몰랐지만 구음절맥에 대해서는 들어본 적이 있었다.

희대의 마녀라고 불리는 천음마후(天陰魔后)가 바로 구음절맥을 지니고 태어났다.

여인의 몸으로는 보타신니와 함께 유일하게 천하제일인의 자리를 차지했던 무인.

그러나 천음마후의 끝은 너무나 비참했다.

사랑하던 이에게 가슴을 찔려 죽었고, 믿었던 의자매들에게 시체마저 난자당했다.

모두 그녀가 너무 강했기에 일어난 일이다.

천하제일인이라는 호칭은 아무에게나 주어지는 것이 아니다.

중원은 넓다.

그 넓은 곳에는 무수한 강자들이 있고, 그들끼리 실제로 모두 비무를 펼치는 것은 불가능에 가까운 일이었다.

그런 면에서 천음마후는 운이 좋았다고도 할 수 있었다.

능히 천하제일의 자리에 올라설 수 있었음에도 시기와 운이 닿지 않아 쓸쓸히 잊혀져 간 무인 역시 무수히 많았기 때문이다.

천음마후가 세상에 나오기 전 육존이라고 불리는 여섯 명의 절대강자가 천하제일의 자리를 다투고 있었고, 천음마후는 십 년이라는 시간에 걸쳐 그들을 모두 꺾으며 천하제일인의 자리에 올라섰다.

"다른 방법은 없는 것입니까?"

"내공을 포기한다면 목숨을 연명할 수 있다. 그러나 네 사형은 그것을 원치 않더구나."

그것은 과연 사형다운 선택이었다. 그 역시 그런 상황이었다면 같은 선택을 했을 터였다.

"제가 도움이 될 일이 없겠습니까?"

"없다."

사부는 단호히 대답했다.

나도 알고 있는 사실이었지만 너무나도 냉정한 사부의 대답에 나는 고개를 떨구었다.

"사형을 만나게 해주십시오."

"짐이 될 것이다."

"짐이 되지 않게 하겠습니다. 멀리서라도 볼 수 있도록 해주십시오."

"네 실력으로는 무리다."

"부탁드립니다."

사형에게 들키지 않고 지척까지 다가가는 것이 불가능한 일이라는 것은 나도 알고 있었다.

그러나 사부라면…….

사부라면 분명 방법이 있을 터이다.

"휴… 알겠다."

긴 고민 끝에 사부가 승낙했다.

"감사합니다."

"단, 어떤 일이 있더라도 네가 나서서는 아니 된다. 설령 네

사형이 스스로의 고통을 이기지 못해 자결을 택한다 하더라도
말이다. 알겠느냐?"

자결이라니?

그 정도였던 말인가?

사형에 대해 누구보다 잘 알고 있는 사부가 그런 말을 꺼낼
정도라면 그 고통은 이루 말할 수 없을 정도로 끔찍할 것임에
분명했다.

"알겠습니다."

"이틀 후면 네 사형을 볼 수 있을 것이다."

나는 고개를 숙이고 사부의 처소를 나왔다.

언제부터인가 하늘에는 내 마음을 대변하기라도 하듯 지독
한 먹구름이 끼어 있었다.

추적추적…….

어제부터 내리기 시작한 비는 시간이 지나도 그칠 기미가
보이지 않았다.

"안에 있느냐?"

"오셨습니까."

"준비가 되었다면 나오너라."

"알겠습니다."

사부는 말을 길게 하지 않았다.

그것은 무공을 가르칠 때도 마찬가지였다. 때문에 한 구절
한 구절을 집중해서 들어야 했다.

건곤신공을 배우며 잠시 사부의 말을 흘려들은 적이 있었다. 그것은 곧 치명적인 대가로 되돌아왔다.

주화입마(走火入魔).

당시 내 수준으로는 도저히 벌어질 수 없는 상황에서 일어난 일이었다.

무공을 익힌 무인에게는 재앙이지만 공부가 받쳐 주지 못한다면 감히 넘보지 못할 그런 경지였다.

그런 면에서 당시의 내 주화입마는 특이하다고 할 수 있었다. 그것은 아주 오래전 내 몸에 침습한 한기에서부터 비롯되었다. 당시 나는 사부의 도움으로 죽음의 문턱에서 겨우 살아 돌아올 수 있었다.

"준비는 되었느냐?"

"예."

나는 심호흡을 하며 대답했다.

그저 떠날 준비가 되었느냐고 묻는 것이 아니었다. 사부는 마음의 준비를 말하고 있었다.

"좋구나. 오랜만에 네 그런 긴장된 모습을 보는 것도."

사부가 웃었다.

사부는 이런 상황에서도 웃을 수 있을 정도로 마음의 여유가 있는 것일까? 그렇지는 않을 터였다. 그것은 나를 안심시키기 위한 웃음임에 틀림없었다.

"가자."

"예."

나는 사부의 뒤를 따랐다.

사형이 폐관 수련을 한다는 곳은 상당히 멀었다. 경공을 펼쳤음에도 한 시진이 넘는 거리였다.

스스슥.

사부는 뒷짐을 진 채 경공을 펼치고 있었는데 사부가 밟는 곳에는 그 어떠한 흔적도 남아 있지 않았다. 오직 잔잔하게 떨리는 풀들만이 사부가 지나갔다는 흔적을 대신해 주고 있을 뿐이었다.

초상비(草上飛).

그것은 바로 최상승의 경공 중 하나인 초상비였다.

전력을 다하지 않고도 초상비를 펼칠 수 있다는 사실만으로도 사부의 무공은 거론할 여지가 없었다. 어느 순간 마침내 사부가 신형을 멈춰 섰다.

"이곳이다."

"후욱후욱!"

나는 숨을 몰아쉬며 굵은 땀을 흘렸다.

이렇게 입에서 단내가 날 정도로 경공만 펼쳐 본 것이 언제인지 기억도 나지 않았다.

"게을러졌구나."

"……."

나는 사부의 말에 대답을 하지 못했다.

사형이 오고 나서부터 이전보다 무공 수련을 등한시한 것은 사실이었다.

"아직 시간이 남았구나. 그동안 묻고 싶었던 것이 있으면 물어보거라."

시간을 맞추지 못했다고?

사부의 성격상 그럴 리는 없었다. 그보다는 내 긴장을 조금이라도 풀어주려 이런 방편을 쓴 것이었을 터였다.

"유영비가 몇 성의 경지에 이르면 초상비를 펼칠 수 있게 되는 것입니까?"

사부의 의도를 알기에 내키지는 않았지만 마지못해 말을 꺼냈다.

"초상비는 그저 몸을 가볍게 하는 신법에 불과하다. 초절정의 경지에 이른 무인이라면 누구나 펼칠 수 있다. 굳이 몇 성이라고 말할 것도 없다. 그저 네 내공이 쌓이고 때가 되면 특별한 깨달음이 없이도 펼칠 수 있다."

"답설무흔(踏雪無痕)도 마찬가지입니까?"

"다르다. 흔히 답설무흔을 초상비와 큰 차이가 없다고 말하는 이들이 있다. 그러나 그것은 커다란 착각이다. 너는 수상비에 대해 들어보았느냐?"

"들어보았습니다."

수상비(水上飛).

들어보지 못했을 리가 없었다. 수상비는 말 그대로 물 위를 걷는 신법이었다. 흔히들 등평도수(登萍渡水)라고 하기도 하지만 정확한 명칭은 수상비였다.

수백 년 전 경공에 관한 한 천하제일이라 불렸던 수상객 이풍이 펼친 신법.

당시 이풍은 무려 폭이 삼십 장이 넘는 강을 본신의 능력으로만 건넜고, 그것은 아직까지 장강에 적을 두고 있는 수적들에게는 신화나 다름없는 이야기였다.

"답설무흔을 펼칠 정도라면 수상비를 펼칠 수 있다고 해도 과언이 아니다."

"그 정도입니까?"

"답설무흔이란 흔적이 전혀 남지 않는 것을 말한다. 초상비를 펼칠 정도라면 답설무흔을 펼치는 것도 어려운 일만은 아니라고 할 수 있지. 그러나 그 흔적을 전혀 남기지 않는 것은 무척이나 어려운 일이다."

"그렇군요."

"어느새 시간이 이렇게 되었구나. 이제 그만 가도록 하자."

"알겠습니다."

능공허도(凌空虛渡)나 허공답보(虛空踏步)에 대해서도 물어보고 싶었지만 입을 다물었다. 지금은 그런 궁금증보다 사형을 보고 싶다는 마음이 우선이었다.

"지금부터는 네 기척을 죽여라."

"알겠습니다."

사부가 나를 데리고 간 곳은 어딘지 모르게 한기가 엄습하는 동굴이었다.

기이한 것은 주변의 지리를 알고 있는 내가 발견하지 못한 동굴이라는 사실이었다. 그렇다고 동굴의 입구가 찾기 어려운 곳에 위치해 있느냐면 그런 것도 아니었으니 의아할 수밖에 없었다.

"이상하게 생각할 필요 없다. 내가 진법을 펼쳐 아무도 이곳에 들어올 수 없도록 조치를 취해놓았으니."

그 순간 사부의 전음이 들려왔다.

그제야 이해가 갔다. 본문의 공부 중 진법이 있는 것은 아니었지만, 술법과 관련된 진법은 있었다. 사부가 펼친 진법이라면 내 수준으로는 발견하지 못하는 것이 당연했다.

한기는 동굴 안으로 들어갈수록 지독해졌다.

나중에는 내공을 극성으로 끌어올리지 않고는 버티지 못할 그런 정도였다.

그렇게 추위가 가중될 무렵 언제부터인가 사부의 전신에서는 형형할 수 없는 기도가 흘러나왔고, 그 기도에 의해 내 기운이 묻혀 버렸다.

"지금부터는 따라오지 말거라. 저곳으로 가면 먼발치에서나 네 사형의 모습을 볼 수 있을 것이다."

사부는 가리킨 곳은 교묘하게 위치해 있어 안에서는 보이지 않는 그런 공간이었다. 나는 조심스럽게 그곳으로 걸어가 몸을 숨겼다.

동굴 안에 그렇게까지 컴컴하지 않았다. 그것은 동굴 깊숙한 곳에서 흘러나오는 희미한 불빛에 기인한 현상이었다.

그곳은 교묘하게 안에서는 밖이 보이지 않는 그런 공간이었다. 나는 사부가 가리킨 곳으로 조심스럽게 걸어가 몸을 벽에 붙였다.

나는 내공을 끌어올려 시선을 집중했다. 사부가 느릿한 걸음걸이로 가고 있는 곳에는 사형이 정좌를 하고 앉아 있었다.

"오셨습니까?"

사형은 자리에서 일어나 공손히 고개를 숙였다.

먼발치에서 본 사형의 안색은 파리하다 못해 창백할 지경이었다.

"몸은 어떠하냐?"

"견딜 만합니다."

"그래도 보지 못한 사이에 인내심은 제법 늘었구나."

"감사합니다."

사형이 부드러운 미소를 머금었다.

"징그럽다. 웃지 말거라. 자리에나 앉거라."

사부는 혀를 차며 손을 내저었다.

그렇지 않아도 힘든 기색을 보이던 사형은 다리가 풀린 것처럼 그 자리에 털썩 주저앉았다.

"상태는 어떠하냐?"

"단전까지 침투하고 있습니다."

"임독양맥은?"

"그쪽은 아직 괜찮습니다."

"소주천은 가능하느냐?"

"확신할 수는 없습니다."

잠시 고민하던 사형이 대답했다. 그러자 사부의 안색이 침중하게 가라앉았다.

"너도 알다시피 시간이 없다."

"알고 있습니다."

"어떠냐? 결정을 내렸느냐?"

"저번에 말씀드리지 않았습니까?"

"쯧쯧, 지독한 놈 같으니라고."

"사부님의 제자 아니겠습니까?"

사형은 조용히 사부를 바라보았고, 사부 역시 그런 사형의 눈길을 피하지 않았다.

"내가 도와주는 것도 한계가 있게 마련이다. 칠 주야. 앞으로 네가 죽을지 살아남을지 판가름 나는 시간이다. 최선을 다하거라."

사부는 품속에서 무엇인가를 꺼내 들었다.

그것은 단약이었다.

한참 동안 그것을 자세히 살핀 나는 그것이 열양신단임을 알 수 있었다.

몇 년 전인가 사부의 처소를 치우다 작은 목함에 들어 있는 단약을 본 적이 있었는데 사부는 그것을 분명 열양신단이라고 했다.

열양신단(熱陽神丹).

지금은 멸문되었지만 삼대의가 중 한곳으로 불렸던 귀주의가의 비전으로만 만들 수 있다는 단환이었다. 칠대신단 중 하나라 불리는 열양신단은 화령신단(火靈神丹)과 함께 양기를 북돋워주는 최고의 신단이라 할 수 있었다.

'어째서……?'

나는 사부의 의중을 이해할 수 없었다.

사형의 체질은 양기가 골수까지 미쳐 생명을 갉아먹고 있는 천양지체였다. 음기를 보충해 주는 단약이라면 모를까 지금과 같은 상황에서 열양신단은 독이 되었다.

'설마?'

나는 문득 한 가지 가정이 떠올랐다.

그것은 생각만으로도 소름 끼치는 그런 가정이었다.

이독제독(以毒制毒).

독으로써 독을 제압한다.

사부는 더 큰 양기를 불어넣어 그것으로 사형의 몸 안을 들끓고 있는 양기를 잠재울 생각이었다.

나도 모르게 몸이 떨려왔다.

그럴싸하게 말해서 이독제독이지 그 고통은 당해본 사람만이 알 수 있었다.

칠홍사에게 물렸을 당시, 해독약이 없던 사부는 나를 이독제독의 방법으로 치료했고 당시 내가 겪었던 고통은 저주스러울 정도였다. 그것이 독이 아니라 몸을 태우는 양기라면 더하면 더했지 덜하지는 않을 터였다.

"시작하겠습니다."

그러나 사형은 조금도 주저하지 않고 사부가 건넨 열양신단을 입 안에 집어넣었다.

불과 반 각도 지나지 않아 사형의 전신은 화상에라도 당한 것처럼 벌겋게 달아올랐다. 어느 순간부터는 그렇게 한기가 몰아치던 동굴 안이 사형의 몸에서 뿜어지는 열기로 인해 훈훈해질 정도였다.

"열기를 밖으로 내보내지 마라!"

상황을 지켜보고만 있던 사부가 장심을 사형의 등에 가져다 대었다. 열기를 밖으로 배출하지 못하도록 혈도를 통제하는 것이었다.

사형의 얼굴에 핏줄이 섰다.

그것은 지독한 고통에서 기인하는 것이었다. 그러나 사형은 그런 상황에서도 신음조차 흘리지 않고 있었다.

"후으읍……."

마침내 긴 심호흡 끝에 한 번의 운기조식이 끝났다.

"잘 참아주었다. 그러나 앞으로 하루가 지날 때마다 배는 더 고통스러울 것이다."

맙소사!

어지간한 고통 따위에는 인상조차 찡그리지 않는 사형이건만 운기조식을 하는 동안 내내 악귀와도 같은 얼굴을 하고 있었다.

그런 고통이 이제 시작이라니…….

나는 지금이라도 사형에게 당장 모든 것을 때려치우고 내공을 포기하라 말하고 싶었다.

"알고 있습니다."

"한계를 넘어서는 고통을 이기는 데에는 인내심 따위는 필요 없다. 살고 싶다는 욕망, 이제부터 너는 그것을 키워야 한다."

사부는 냉정한 표정으로 말했다.

"명심하겠습니다."

"가보겠다. 구태여 일어날 필요는 없으니 그대로 앉아서 쉬 거라."

사부는 자리에서 일어났다.

사부가 모퉁이를 돌아 걸어나오고 나는 힘없는 걸음걸이로 사부의 뒤를 따랐다.

사형이 제발 천양지체라는 운명을 이겨주기를 바라며…….

삼 일이 지났다.

언제부터인가 사형의 얼굴은 단 한순간도 일그러지지 않은 적이 없었다.

"으흐윽……!"

사형은 몸을 비틀며 괴로워했다.

열양신단의 약효는 점차 절정으로 치닫고 있었다.

지금까지 사형은 잘 버티고 있었다. 그러나 아직 가야 할 길 은 멀었다.

운명은 어째서 사형에게 저런 참혹한 고통을 주었단 말인가?

"고통스러우면 지금이라도 포기할 수 있다."

"아닙니다."

"이번이 마지막 기회다."

아직까지는 열양신단의 약효가 전신으로 퍼져 있지 않은 상 황이었다. 그러나 이제 몇 번의 대주천만 거친다면 약효는 전신으로 퍼져 나갈 것이고, 그때부터는 돌이킬 수 없었다.

"……."

사형은 아무런 대답도 하지 않았다.

자신의 결정을 후회라도 하고 있는 것인가?

문득 그런 생각이 들기도 했지만 우연히 사형의 눈을 본 나는 사형이 결코 자신의 결정을 후회하지 않고 있다는 것을 알 수 있었다.

자신감에 차 있는 눈빛.

사형은 이 고통을, 그리고 운명을 이겨낼 것이라 확신하고 있었다. 그 이후 나는 더 이상 사형에게 가지 않았다.

"오늘은 함께 가도록 하자."

칠 주야의 마지막 날, 사부는 내 처소를 찾았다.

그동안 나는 무공 수련에 박차를 가하고 있었다. 그것이 사형이 진정으로 원하는 일이라는 것을 알고 있었기에.

"저는… 가지 않겠습니다."

"마지막이 될지도 모른다."

"……."

사부조차 이 지독한 싸움의 승자가 누가 될 것인지 확신하지 못하고 있었다.

그만큼 운명이라는 짐은 무겁고도 무거웠다.

"상관없습니다."

그러나 나는 단호히 거절했다.

그것은 사형에 대한 깊은 믿음이 있기에 가능한 일이었다.

"허허, 어쩌면 나보다 네가 운천이 그 녀석에 대해 더 잘 알고 있는지도 모르겠구나."

잠시 내 눈을 쳐다보던 사부는 너털웃음을 흘리며 신형을 돌려 산 위로 향했다.

"사형이 한다면 나 또한 할 수 있다."

사부가 떠난 후 나는 그 자리에 정좌하여 운기조식을 준비했다. 그리고 품 안에서 사부가 후일 복용하라고 한 열양신단과 천년화령초로 만들어진 단약 일곱 알을 꺼내놓았다.

"이 정도는 두렵지 않다."

나는 그것들을 입 안에 털어 넣었다.

사부가 우리를 위해 준비한 두 알의 열양신단. 그 가치는 무가지보라 해도 과언이 아니었다. 그러나 아직 그것을 받아들일 준비가 되지 않았기에 기다리고만 있을 뿐이었다. 그럼에도 나는 신단을 복용하는 것을 주저하지 않았다.

준비가 되어 있지 않다고?

그렇다면 사형은 준비가 된 상태란 말인가?

사부가 이 사실을 안다면 대노할 일이었지만 내 의지를 꺾을 수는 없었다.

복용하자마자 신단과 단약의 기운이 어우러져 단전에서부터 노도와 같은 기운이 전신으로 퍼져 나왔다. 나는 곧장 건곤신공을 운기하여 그 기운을 제어하여 혈맥으로 인도했다.

화르르르—

내부에서 불길이 일었다.

그것은 거센 폭우로도 잠재울 수 없는 그런 불길이었다.

열양의 기운과 맞서 싸우는 일은 전신 혈맥이 타 들어가는 것과 같은 일이었다. 그럼에도 나는 그 기운을 혈맥으로 이끄는 것을 주저하지 않았다. 그것은 나 자신에 대한 믿음이 있기에 가능한 일이었다.

임독양맥을 반드시 타통시키고 말겠다는 의지. 애초 사부가 열양신단을 준비한 것도 그러한 목적에서였다.

쾅— 쾅—

대주천을 거친 열양의 기운이 임동양맥에 거세게 부딪쳤다.

그러나 숱한 충돌에도 임동양맥은 거대한 철벽과도 같이 일말의 틈도 보이지 않았다.

부딪치고 또 부딪쳤다.

무인들이 그토록 임독양맥을 타동시키는 것을 원하면서도 쉬이 도전하지 못하는 것은 실패 시 내공의 역류로 인해 주화입마에 들기 때문이었다.

하나 나는 주화입마 따위는 두렵지 않았다.

주화입마에 빠지는 것은 어디까지나 중도에 정신을 놓아버렸을 때의 이야기였다.

오히려 걱정되는 것은 신단의 기운이 대주천을 거치며 조금씩 전신 세맥으로 흩어지는 것이었다. 그렇게 될 경우 수년 이내에는 시도조차 못할 터이다.

그렇게 대치하기를 이각여.

여전히 임독양맥은 뚫릴 기미가 보이지 않았다.

이를 악물고 신단의 기운을 계속해서 임독양맥으로 부딪쳐 갔다.

콰쾅—

다시 수차례의 충돌 후, 나는 하마터면 정신을 잃을 뻔했다.

수치스럽다 못해 분노가 치밀어 올랐다.

그토록 자신만만했음에도 정신을 놓아버려 하마터면 기혈의 역류로 인해 주화입마에 들 뻔했다.

분노는 내 정신을 일깨우며 전신의 모든 감각을 되살려 주었다.

그러고 보니 어느 순간부터 나는 그저 무의식중에 신단의 기운에 취해 임독양맥을 뚫기 위해 반복적으로 진기를 흘려보내고 있을 뿐이었다.

이, 이… 지금 내가 무엇을 하고 있단 말인가?

나는 내 몸의 인도자가 아니라 다스리는 자였다. 그것은 누구도 부인하지 못하는 사실이었다.

다시 대주천을 시도했다.

이번에는 그저 신단의 기운에 의지하여 혈맥을 뚫는 것이 아니라 내가 지난 수년간 축기하였던 기운이 바탕이 되었다. 신단의 기운은 그저 나를 보좌하는 것이면 족했다.

폭포수와 같은 기운이 임동양맥으로 거세게 향했다.

콰쾅—

잠시도 쉬지 않고 임독양맥을 두드려 대었다. 내 오기는 고작해야 고통 따위로 멈출 수 있는 것이 아니었다.

준비가 되어 있지 않다고?

그렇지 않았다. 나는 지금 임독양맥을 뚫을 모든 준비가 되어 있었다. 그것을 증명이라도 하듯 철옹성 같던 독맥이 흔들리기 시작했다.

콰아아앙!

어느 순간, 마침내 거대한 충돌과 함께 그토록 단단했던 독맥이 터져 나갔다.

"우하하하!"

나는 크게 고함을 내질렀다.

몸 안의 모든 기운이 소진되기는 하였지만 독맥을 뚫어낸 것이다.

조금만 더 일찍 깨달음이 왔다면 임독양백 모두를 타동시킬 수 있었겠지만 미련이 남는 것은 아니었다. 지금 내 한계가 여기까지인 것이지 앞으로의 내 한계가 여기까지인 것은 아니었기에.

나는 그리 멀지 않은 시간 안에 임맥마저 뚫을 수 있을 것이라 확신했다.

이제 나는 예전과는 다른 길을 개척해 나갈 터이다.

물론 임독양맥이 타동된다고 해서 단시간에 내공이 급증하는 것은 아니었다. 그저 진기의 흐름이 조금 더 자유로워질 뿐이었고, 축기의 속도가 조금 증가할 뿐이었다. 그러나 그것만으로도 무인들에게는 크나큰 축복이었다.

"사형, 보셨습니까? 제가 해냈습니다."

흐릿해져 가는 정신 속에서 사형을 떠올렸다. 나는 사형이 나처럼 모든 것을 이겨낼 것이라 믿었다.

동이 트고 해가 떠오를 무렵, 뿌옇게 낀 안개를 헤치고 사부가 산을 내려왔다.

"사형은……?"

"……."

사부는 별다른 대답을 하지 않았다.

으스스한 안개 때문인지, 아니면 사형이 보이지 않는다는 사실 때문인지 마음이 조금 불안했다.

그 순간이었다.

"녀석, 그동안 잘 지냈느냐?"

"사형?"

나는 목소리가 흘러나온 곳을 향해 고개를 돌렸다.

그리 멀리 떨어지지 않은 나무 위. 처음 만났던 그때처럼 사형은 미소를 지으며 비스듬히 걸터앉아 나를 내려다보고 있었다.

"이제는 눈치 챌 때도 되지 않았느냐?"

사형은 가벼운 몸놀림으로 나무에서 내려왔다. 조금 수척해진 모습이었지만 그 몸놀림으로 보건대 몸에는 아무 이상이 없는 듯하였다.

"이제 그 정도로는 어림없습니다."

나는 피식 실소를 흘리며 한차례 손을 휘둘렀다.

휘잉—

내 손에서 흘러나간 미약한 바람과 함께 사형이 만들어낸 허상이 사라졌다.

이전에 그러했던 것처럼 사형은 분신술을 사용한 것이었지만 이제 그 정도의 수법에 당할 정도로 나는 무르지 않았다.

"놈, 달라지긴 달라졌구나. 한데……."

돌연 사형이 내 전신을 훑어보았다.

"녀석, 성급한 시도였다."

"그래도 해내지 않았습니까?"

사형은 내가 독맥을 타통하였다는 것을 바로 알아보았다. 그것은 사형 역시 또 다른 발전을 이루어내었다는 것을 의미하고 있었다.

"쯧, 누가 보면 수십 년 만에 상봉하는 줄 알겠다. 어찌 되었거나 내 허락없이 네 멋대로 일을 저질렀으니 그 대가를 치를 준비는 하거라."

사부는 혀를 차며 한심하다는 듯한 표정을 지으며 처소로 향했다.

"그래, 왔었다고?"

"무슨 말씀이십니까?"

나는 사형의 말에 영문을 모르겠다는 표정으로 어깨를 으쓱거렸다.

"녀석……."

사형은 그런 나를 보며 피식 실소를 흘렸다.

"혹시 술 가진 것 혹시 없느냐?"

"그럴 줄 알고 한 병 남겨두었습니다."

나는 이럴 경우를 대비해 준비해 두었던 술병을 품 안에서 꺼냈다.

"역시 네가 내 마음을 아는구나."

"그러니 사형제 아니겠습니까?"

"하하, 그 말이 맞구나. 좋구나, 좋아. 바로 이 맛이지. 그건 그렇고, 무위야."

술병을 받아든 사형은 숨쉴 겨를도 없이 그것을 한 번에 들이켰다.

"예, 사형."

"나는 오래전부터 목표가 하나 있었다."

"무엇입니까?"

"내 명성을 중원 천하에 떨치는 것이다. 그리하여 모든 사람들이 나 한운천의 이름을 알게 할 것이다. 어떠냐? 실로 멋진 목표가 아니더냐? 하하, 하하하!"

사형은 얼마 전까지 고통 속에서 몸부림치던 사람이라고는 생각할 수 없을 정도로 유쾌한 대소를 터뜨렸다. 그것은 평생 잊혀지지 않을 그런 미소였다.

疾風歌

회상 (六)

기루에 가다

질풍가

1399. 건문(建文) 이년.
건문제 왕들을 숙청.
연왕 주체, 위기의식을 느끼고 반란을 도모.

불안한 기류가 대명천지를 맴돌고 있었다.
태풍이 불었다. 태풍의 중심에는 연왕 주체가 서 있었다. 결국 황제의 무리한 개혁이 스스로의 목을 조른 것이다.

*   *   *

사형이 돌아오고 육 개월이라는 시간이 흘렀다.

그사이 내 무공은 상당한 진전을 이루었다. 유영비가 오성의 경지에 이른 것이다.

신전수 역시 적지 않은 발전이 있었지만, 불과 일 년 만에 삼성의 경지였던 유영비가 오성에 이르렀다는 것은 실로 놀라운 일이 아닐 수 없었다.

기이한 것은 사형이 나와 함께 무공 수련을 함께하지 않는다는 사실이었다. 그 영문까지는 알 수 없었기에 나는 묵묵히 홀로 무공 수련에 몰두했다.

이따금씩 사형과도 비무를 가졌다.

아직은 실력이 미치지 못했기에 비무라기보다는 지도해 준다고 하는 편이 옳겠지만 그래도 사형과 비무를 하는 것은 더할 나위 없이 즐거운 일이었다.

"헉헉헉……!"

오랜만에 가진 사형과의 비무에서 모든 기력을 소진한 나는 나무 기둥에 기대어 거친 숨을 몰아쉬었다.

사형과의 비무는 늘 이런 식이었다.

사형은 내가 모든 기력을 소진하기 전까지 비무를 끝낼 생각을 하지 않았다.

"많이 늘었구나."

사형이 나직한 탄성을 흘렸다.

"글쎄요. 아직 잘 모르겠습니다. 매번 속절없이 지기만 하지 않습니까?"

"하하하, 그럼 벌써 나를 이길 생각을 했더냐?"

"그런 것은 아니지만……."

"지금도 충분히 훌륭하다."

사형은 부드러운 미소를 지으며 말했다.

"그건 그렇고, 저번에 한 약속을 잊지는 않으셨겠지요?"

"저번에? 아, 그 약속을 말하는 것이구나."

"그렇습니다."

"알았다. 오늘은 데리고 가도록 하마."

사형이 혀를 차며 뭐가 그리 급하냐는 듯한 표정으로 고개를 설레설레 내저었다.

내가 이토록 사형을 보채는 것은 다른 이유에서가 아니었다. 오늘이 그토록 학수고대하던 기루에 가는 날이기 때문이었다.

"네가 숫총각이라고 그랬지?"

"그렇습니다."

조금은 쑥스러웠지만 사형의 질문에 나는 고개를 끄덕이며 대답했다.

"그럼 오늘이 너에겐 역사적인 날이 되겠구나."

"별말씀을 다 하십니다."

나는 얼굴을 붉히며 대답했다.

"하하하, 사실이지 않더냐?"

사형은 재미있다는 듯한 표정을 지으며 대소를 터뜨렸다.

"한데 언제 출발하실 생각입니까?"

"흠… 사부의 눈을 피해야 하니 아무래도 자정 정도가 적당하겠지. 주천(酒泉)이라면 서두른다 하여도 한나절은 족히 걸릴 거리이니 미리 준비해 놓도록 해라. 사부에게는 너와 이틀 정도 사냥을 간다고 말해놓을 생각이다."

"알겠습니다."

"이만 내려가자."

나와 사형은 어깨를 나란히 하고 그렇게 연무장을 내려왔다.

기대감과 설렘으로 내 가슴은 언제부터인가 심하게 두근거리고 있었다.

"이곳이 바로 주천이라는 곳이군요?"

주천에 도착한 나는 주위를 두리번거리며 구경하기에 여념이 없었다.

수많은 화려한 전각과 끝이 없이 이어지는 인파는 내 눈을 어지럽게 만들었다.

"어떠냐?"

"엄청나군요. 이렇게 사람들이 많은 곳은 처음 봅니다. 이곳이 말로만 듣던 성도(省都)라는 곳입니까?"

"그것은 아니다. 여기는 일개 현성에 불과하다. 성도는 각 성에서 하나밖에는 존재하지 않는다."

"예? 그럼 대체 성도는 얼마만큼이나 크다는 것입니까?"

"어디 보자, 감숙의 성도인 난주(蘭州)라면 이곳보다 몇 배는 클 것이다."

"그럴 수가……!'

나는 대경실색하며 놀라움을 감추지 못했다.

"쯧쯧, 겨우 이 정도 가지고 놀라다니 아직 멀었구나. 실제로 난주가 성도라고는 하지만 사실 그렇게 큰 것도 아니다."

"그건 또 무슨 말씀입니까?"

"감숙성이 워낙에 변방에 있다 보니 사람이 살기에는 그리좋은 곳이 아니다. 중원의 중심에 있는 호북성이나 하남성으로 들어간다면 성도가 아니라 할지라도 난주보다 큰 곳도 부지기수로 많다."

갈수록 놀라운 말이었다.

그렇다면 대체 호북성이나 하남성의 성도는 얼마만큼이나크다는 말인가?

"상유천당 하유소항(上有天堂 下有蘇杭)이라 하였다."

"무슨 말씀이십니까?"

"하늘에는 천당이 있고, 땅에는 소주와 향주가 있다는 말이다. 네가 장차 중원에 가게 된다면 그 두 곳을 반드시 가보도록 해라."

"소주와 향주라……. 그렇군요. 그럼 사형의 눈에 비친 소주와 향주는 어떠하였습니까?"

"아름다웠다. 그곳에 터를 두고 살아가는 사람들이 부럽더구나."

사형이 미소를 머금은 채 말을 하고 있었다.

그 정도로 소주와 향주가 좋았다는 것일까? 문득 한 번 정도는 가보고 싶다는 생각이 들었다.

"두 곳 중 어느 곳이 더 마음에 드셨습니까?"

"각기 장단점이 있으니 어느 곳이 더 낫다고 말할 수는 없다. 다만 향주에는 서호(西湖)가 있기에 개인적인 입장에선 향주가 더 마음에 들었다. 하지만 너는 소주를 더 마음에 들어할 것 같구나."

"왜 그렇습니까?"

"하하, 소주는 그 정관도 유명하지만 기녀들이 아름답기로도 유명하다. 그러니 기루에 가자고 연일 들들 볶아댄 네 녀석이야 당연히 소주가 더 마음에 들지 않겠더냐?"

"사형."

나는 그제야 사형이 나를 놀리기 위해 그런 말을 꺼냈다는 사실을 알고 쓴웃음을 머금었다.

"자, 이제 그만 가도록 하자. 시간이 너무 지체된 것 같구나."

"예."

사형과 나는 그렇게 웃으며 기루로 향했다.

"다 왔구나. 바로 저곳이다."

나는 심호흡을 한 후 사형의 손가락이 가리키는 곳으로 시선을 돌렸다.

풍월루(風月樓).

그곳에는 몇 개의 전각이 커다란 담 안으로 둘러싸여 있는 장원이 있었고, 그 장원의 정문에는 풍월루라는 커다란 글씨가 새겨진 현판이 붙어 있었다.

그 장원을 본 순간 나는 호흡이 가빠오는 것을 느낄 수 있었다.

"왜, 긴장이 되느냐?"

"아, 아닙니다."

"하하, 녀석. 나도 너와 마찬가지로 저러한 곳에 처음 갔을 땐 긴장했었다. 그러니 그렇게 애써 숨길 필요까지는 없다."

"사형도 그러셨습니까?"

"나뿐만이 아니라 대부분의 남자가 그럴 것이다."

"그렇군요."

사형의 말을 듣고 나니 왠지 모르게 긴장이 풀리는 것을 느낄 수 있었다. 나는 조금은 편안해진 마음으로 말을 이어갔다.

"혼자 가지는 않으셨을 테고, 누구와 가셨습니까?"

"빙궁에 머물 당시 친하게 지내던 친우가 있었다. 하지만 빙궁 사람은 아니었다. 다만 나처럼 일이 있어 그곳에 잠시 들렀던 것이지."

"친우요? 저에게는 그런 말씀은 하지 않으셨잖습니까?"

사형에게 친우가 있다는 이야기는 금시초문이었다.

물론 아는 사람은 얼마든지 있을 수 있다. 하지만 사형의 입에서 친우라는 말이 나왔다는 것을 생각한다면, 사형이 그 사람에 대해 어떻게 생각하고 있는지 여실히 알 수 있었다. 사형은 결코 아무에게나 친우라는 말을 쓰는 사람이 아니었다.

"하지 않은 것이 아니라 할 기회가 없었던 것뿐이다."

"어떤 사람입니까?"

"글쎄… 그냥 괜찮은 놈이다."

사형이 멋쩍은 표정으로 씨익 웃었다.

"이름이나 가르쳐 주십시오. 그래야 훗날 제가 만났을 때 인사라도 할 것이 아닙니까."

그 모습을 본 나는 퉁명스러운 어조로 사형에게 말했다.

"하하하, 미리 말을 해주지 않았다고 화가 났나 보구나. 그 녀석의 이름은 한백이다. 무정도(無情刀) 한백! 이것이 강호에서 바로 그를 가리키는 말이다. 뭐, 아직은 유명하진 않지만 이제 곧 강호가 그를 알게 되겠지."

"무정도 한백이라……."

대충 짐작은 했지만 역시나 무림인이었다. 나는 그 이름을 내 머릿속에 각인시켰다.

그렇게 한백이라는 이름을 외우고 있을 무렵, 나는 무엇인가 알 수 없는 이상한 기분에 한차례 몸을 부르르 떨었다. 한백이라는 이름이 이상하게도 낯설게 느껴지지 않았기 때문이다. 하지만 분명 한백이라는 이름은 처음 들어보는 것이었다.

"왜 그러느냐?"

"분명히 처음 듣는 이름인데, 어디서 들어본 듯한 이름인 것 같아서 말이지요."

"흠… 그거 특이하구나."

"지금은 시간이 없으니 나중에 그 친우 분에 대한 이야기를 자세히 해주십시오."

"알았다. 너에게 진작에 말을 하지 않은 것은 정말 미안하다."

"이미 지난 일입니다. 그것보다 어서 들어가지요. 사형의 말처럼 시간이 그리 넉넉한 것이 아니지 않습니까?"

사형과 이런저런 이야기를 나누는 사이 우리는 어느새 풍월루의 정문에 도착해 있었다. 우리는 풍월루로 들어가기 위해 문을 두드리며 사람을 불렀다.

"아무도 없소?"

"예, 나갑니다."

잠시 후 '철컹' 하는 문이 열리는 소리와 함께 인상이 후덕해 보이는 중년인 한 명이 모습을 보였다.

"저는 이곳의 총관을 맡고 있는 우문광이라고 합니다. 어떻게 오셨습니까?"

"보면 모르겠소? 당연히 손님 아니오."

"예? 하지만 저희 집은 이렇게 이른 시간부터 영업을 하지는 않습니다."

자신을 풍월루의 총관이라고 소개한 우문광이 심히 난감하다는 표정을 지으며 고개를 저었다.

"죄송하지만 한 시진 정도 후에나 오셔야 하겠습니다."

"허, 이런 일이……."

사형도 설마 이런 일이 생길 것이라고는 미처 짐작하지 못했는지 탄식을 흘렀다. 그렇지 않아도 시간이 지체된 마당에 다른 기루를 찾기 위해 수소문을 하고 그럴 시간이 없었다.

"하지만 우리는 그때까지 기다릴 수 있는 시간이 없소. 그러니 그냥 들여보내 주시구려."

"사정을 알겠지만 이것은 우기신다고 될 일이 아닙니다. 저희도 영업 방침이라는 것이 있습니다."

총관은 안으로 들어가려는 우리를 완강히 막아섰다.

사형과 나는 이러지도 저러지도 못한 채 한숨만을 내쉬었다.

"그냥 들여보내 주도록 하세요."

그 순간 총관의 뒤편에서 누군가의 목소리가 울려 퍼졌다.

"나오셨습니까."

총관은 뒤를 돌며 깊숙이 허리를 숙였다.

목소리의 주인은 몸에 달라붙는 자의를 입은 삼십대 초반 정도로 보이는 미부였다.

"하지만 아시다시피 들여보낼 마땅한 애들이 없습니다. 대부분이 오늘 새벽까지 손님을 받아 곯아떨어져 있는 상황입니다."

"죽란이와 월향이, 매연이가 있지 않나요? 어제 그 아이들이 쉬는 날이었을 텐데요."

"그, 그것이……"

미부의 질문에 총관이 당혹해하며 말을 잇지 못했다.

"혹시 종리 공자가 오기라도 한 것인가요?"

그런 총관의 모습은 본 자의여인이 못마땅한 기색을 보이며 눈살을 찌푸렸다.

"그렇습니다. 그것도 세 명 모두를 데리고 들어갔습니다."

"일행은 몇이나 되죠?"

"종리 공자 혼자서만 오셨습니다."

"좋아요. 그럼 월향이를 빼오도록 하세요. 한 명 정도는 종리 공자도 양해해 줄 터이니. 그리고 조금 있으면 설련이가 나들이를 갔다 돌아올 시간이니 그렇게 두 명을 들여보내면 되겠군요."

"알겠습니다."

"전 볼일을 보러 다녀올 터이니 루를 부탁드려요."

자의여인은 말을 마치고 걸음을 옮겼다. 두 명의 시비가 급히 그녀의 뒤를 따랐다.

"이쪽으로 오시지요. 제가 안내하겠습니다."

총관이 앞장서서 우리를 이층 전각의 한 방으로 안내했다.

그리 크지 않은 방이었지만 벽 양면에 고풍스러운 그림이 걸려져 있는 제법 고아한 분위기가 나는 방이었다.

"잠시만 기다리시면 곧 아이들이 들어올 것입니다."

"아, 잠시만 기다려 보시오."

총관이 방문을 닫고 막 나가려는 순간, 사형은 총관을 불러 세웠다.

"무슨 일이신지요?"

"혹시나 해서 물어보는 것인데 지금 이곳으로 들어오는 기

녀는 전부 예기(藝妓)들이오?'

"당연한 말씀을 하시는군요. 설마 하니 지금 시간에 창기(娼妓)를 찾으신 것은 아니겠지요?'

"미안한 말이지만 그 설마가 맞소이다."

"그것은 어렵겠습니다. 물론 저희 집에 창기도 있기는 하지만, 이런 시간에 깨어 있는 아이는 없습니다."

"끙……."

사형이 돌연 인상을 찌푸리며 고개를 주억거렸다.

"어쩔 수 없구려. 그렇다면 그 예기들이라도 들여보내 주시구려."

"알겠습니다."

총관이 조심스레 방문을 닫고 나갔다.

"이거 어쩌면 오늘 허탕을 치고 돌아갈 수도 있겠구나."

총관이 방을 나가는 것과 동시에 사형은 고개를 설레설레 저으며 눈살을 찌푸렸다.

"그게 무슨 소리입니까?'

"너도 들었다시피 아쉽게도 지금은 예기들밖에는 없다는구나. 그렇다고 이제 와서 다른 곳으로 가는 것도 어렵지 않겠느냐?'

"예기라니요? 저는 사형이 지금 무슨 소리를 하는 것인지 잘 모르겠습니다."

"그러고 보니 너는 무슨 소리인지 모르겠구나. 잘 들어라. 예기란 말이다, 몸을 파는 기녀가 아니라 노래나 춤 등, 여러 가지 기술을 파는 기녀들로서…….”

사형은 한참 동안 나에게 창기와 예기의 다른 점을 설명해
주었다.

“그럼 오늘 이곳에 온 것이…….”

“아, 반드시 그런 것만은 아니다. 만약 예기들이 네가 마음
에 든다면 얼마든지 가능한 일이겠지.”

“이거 마치 시험을 받는 기분이군요.”

“예기들은 통상 자존심이 강하니 될 수 있으면 그녀들을 추
켜세워 주거라.”

“알겠습니다.”

마지못해 대답은 했다지만 그리 내키지는 않았다.

거지였을 때부터 나는 누군가에게 아부하는 것을 그다지 달
갑게 생각하지 않았다. 왕초였던 짝눈이 나를 싫어했던 것도
그런 이유에서였다.

하나, 그런 나는 방문을 열고 들어오는 예기들의 아리따운
자태를 본 후 마음을 달리 먹었다.

“들어가겠습니다.”

방문을 두드리는 소리와 함께 두 명의 예기가 들어왔다.

두근…….

가슴이 심하게 뛰었다. 곱게 분칠을 한 예기들은 마치 천상
의 선녀가 잠시 쉬기 위해 내려온 것 같은 모습이었다.

“월향(月香)이라고 합니다.”

“설련(雪蓮)이라고 합니다.”

"한운천이라 하오. 이쪽은 내 사제인 설무위요."

"만, 만나 뵙게 돼서 반갑습니다."

나도 모르게 말을 더듬었다.

"풋."

그 모습이 재미있었는지 월향이라는 기녀가 실소를 흘렸다. 내 얼굴이 붉게 달아올랐다.

"앉으시구려."

"예."

"공자님들도 앉으시지요."

사형이 자리를 권하자 예기들이 자리에 앉았다.

"이른 시간에 오셨군요."

"쉬고 있던 것 같은데 미안하게 되었소."

"호호호, 아닙니다. 어차피 다른 손님을 받고 있던 중이었습니다. 그것보다 이렇게 멋진 공자님들을 손님으로 받게 될 줄은 몰랐습니다. 동기들이 공자님들을 본다면 한바탕 난리가 나겠네요."

월향이 웃으며 손을 저었다.

"이쪽 공자님은 상당히 말이 없으시군요. 원래 과묵하신가 봐요?"

"원래 저 녀석이 조금 그렇소."

"마침 잘되었군요. 여기 설련이도 공자님처럼 말이 없답니다. 얘, 어서 이쪽으로 앉으렴."

월향은 설련의 손을 잡아끌며 내 옆에 앉혔다.

"그러고 보니 두 사람이 무척이나 잘 어울리는군요."

"나도 그렇게 생각하오. 한데 그건 그렇고, 머리 모양을 보니 이쪽 소저는 아직?"

"호호, 예."

월향이 손으로 입을 가리며 웃었다.

"이거 재미있게 되었구려. 내 사제도 그렇다오."

"두 사람이 닮은 구석이 무척이나 많네요."

"그렇구려."

무슨 말인지는 잘 모르겠지만, 사형과 월향은 죽이 맞는 듯 스스럼없이 계속 농담을 주고받았다.

월향은 상당히 사형을 마음에 들어하는 눈치였다.

하기야 사형의 용모를 보고도 반하지 않는다면 그것이 오히려 이상한 일일 것이다.

그 반면 설련과 나는 그다지 좋은 분위기가 아니었다. 사형과 월향이 어색한 우리 모습을 보며 담소를 주고받았다. 그제야 분위기가 한층 나아졌다.

"보아하니 월향 소저는 시화(詩畵)에 능한 것 같은데, 설련 소저는 무엇에 능하오?"

"여러 가지 악기를 다룰 줄 안답니다. 그중에서도 비파를 가장 잘 타지요."

사형의 질문에 월향이 설련을 대신해서 대답했다.

"한 곡조 들어봐도 되겠소?"

"원하신다면 그렇게 하겠습니다."

설련은 조금은 마지못해 일어나는 모습을 보이며, 비파를 가지러 걸음을 옮겼다.

잠시 후 설련이 비파를 가지고 돌아왔다.

"누추한 솜씨라 두 분의 귀나 더럽히는 것이 아닌지 모르겠습니다."

설련은 가볍게 고개를 숙인 후 비파를 켜기 시작했다.

딩— 디디디딩!

누추한 솜씨라고는 했지만 그것은 말뿐인 것 같았다.

태어나 처음으로 이렇게 아름다운 선율이 있을 수도 있다는 것을 알았다.

사형과 나는 선율의 세계에 빠져들었다.

월향 또한 흥이 돋았는지 자리에서 일어나 가무를 선보이기 시작했다.

가무와 어우러진 비파 소리가 심금을 울리게 만들었다. 이런 분야에 대해서는 문외한인 나조차도 슬픈 곡조라는 것을 느낄 수 있을 정도로 뛰어난 솜씨였다.

"정말 멋진 솜씨였소."

연주가 끝나자 사형은 갈채를 보냈다. 그것은 나 또한 다르지 않았다. 그 정도로 탄복할 만한 연주였다.

"목이 마를 텐데 이리 와서 한잔 드시구려."

사형은 월향에게 술잔을 권했다. 월향은 거절하지 않고 사형의 옆에 앉아 주는 술을 받아 마셨다.

"한잔 드시겠소?"

"아닙니다. 저는 원래 술을 마시지 않습니다. 마음만 고맙게 받겠습니다."

나도 설련에게 술을 권했지만, 아쉽게도 설련은 술을 마시지 않는다며 거절했다.

그 순간이었다.

문밖 너머에서 소란스러운 소리와 함께 누군가의 고함 소리가 들려왔다.

"비켜보라고 하지 않느냐!"

"진정하시지요. 이러시면 안 됩니다."

"뭐가 안 된다는 것이냐? 언제부터 풍월루에서 나를 이리 대했단 말이더냐?"

"이 일에 대해서는 정말 죄송하게 되었습니다. 분명히 제가 시비들을 통해 전달했는데, 착오가 있었던 것 같습니다. 그러니 일단 진정하시고……."

소란은 좀처럼 그칠 분위기가 아니었다.

그것을 증명이라도 하듯 사내의 목소리는 시간이 지날수록 점점 더 커지고 있었다.

"무슨 일이 생긴 듯싶소."

"글쎄요, 무슨 일인지 모르겠군요. 제가 나가서 알아보고 오겠습니다."

"아니오. 그럴 필요까지는 없소."

사형은 막 일어서려던 월향을 제지했다.

콰직!

그 순간 방 문짝이 부서지며 우리가 있는 곳을 향해 날아왔다.

"꺅!"

"꺄아아악!"

그녀들이 비명을 내질렀다.

나는 혹시라도 그녀들이 다칠지 모른다는 생각에 손을 휘둘러 날아오는 문짝을 받아쳤다. 문짝은 이내 파편으로 변해 산산조각으로 부수어졌다.

"내 여기에 있을 줄 알았다!"

이제는 없어져 버린 문을 통해 한 사내가 걸어 들어왔다.

청색 장삼을 걸친 사내는 눈빛이 색목인처럼 푸른빛을 띠고 있었고, 허리춤에는 한눈에 보기에도 평범하지 않은 한 자루의 검을 차고 있었다.

"네가 왜 이곳에 있는 것이냐? 잠시 내가 뒷간에 다녀온 사이에 어떻게 내 허락도 없이 마음대로 자리를 비우고 다른 손님을 받고 있는 것이더냐!"

"종, 종리 공자님… 저는 나오라는 말을 듣고…….."

청삼사내를 본 월향의 얼굴색이 창백하게 변했다.

"나는 그런 말을 전해 들은 적이 없다!"

"거기에 대해선 제가 설명드리겠습니다. 분명히 시비에게 전달하라고 시켰는데 그년이 무엇인가 착각을 하여 그만…….."

우 총관이 다급히 나서며 사정을 설명했다.

"오호? 이건 또 누구야? 조금 전에는 없다던 설련이로군."

"오, 오해입니다. 정말로 막 공자님께서 오셨을 때에는 장에 가 있었습니다."

"크큭, 그 말을 지금 나보고 믿으라는 것이냐?"

청삼사내는 비웃음을 흘리며 우 총관을 밀쳐 냈다.

콰당—

슬쩍 밀친 것에 불과했지만, 내력이라도 실은 듯 우 총관은 방구석까지 날아가 처박혔다.

"루주를 불러오너라. 내 그동안은 넘어갔지만 오늘만큼은 참지 못하겠다."

"웬 미친놈이 들어와 난동을 피우는군."

나는 자리에서 일어났다.

참는 것에도 정도가 있게 마련. 그렇지 않아도 설련 소저와의 일이 잘 풀리지 않아 기분이 좋지 않았거늘, 이건 또 무슨 훼방꾼이란 말인가?

"되었다. 그냥 앉거라."

그 순간 사형이 나를 제지하며 손을 휘저었다.

"사형?"

나는 조금은 뜻밖이라는 표정으로 사형을 바라보았다. 다른 누구도 아닌 사형이었기에 더욱 그러했다.

"너는 당장의 일밖에는 생각하지 못하는 놈이었더냐?"

"무슨 말씀이십니까?"

"우리가 떠난 후를 생각하라는 뜻이다."

"아……."

그제야 나는 사형의 말을 이해할 수 있었다.

나와 사형이야 떠나면 그만이지만 기녀들은 달랐다. 그녀들은 이곳에 남아 있을 수밖에 없을 것이고, 그렇다면 이어질 보복 또한 생각해야 했다.

"제가 생각이 짧았습니다."

나는 다시 자리에 앉았다. 아쉽지만 지금은 참는 것 이외에는 다른 방도가 없었다.

"도움이 되지 못해 미안하오."

나는 정중히 그녀들을 향해 고개를 숙였다.

"하하, 내 평생 이런 모욕을 처음이군."

그 순간 내 말을 들은 청삼사내가 기가 차다는 듯 헛웃음을 흘렸다.

"꼬락서니를 보자니 어디서 한수 배워온 것 같은데… 좋다. 사내로서, 그리고 무인으로서 나 종리무외의 이름을 걸고 약속하겠다. 만일 내가 패한다면 차후의 일은 물론이요, 여기 있는 그 누구에게도 책임을 묻지 않을 것이다."

종리무외라 자신의 이름을 밝힌 청삼사내는 싸늘히 안색을 굳히며 검을 뽑아 들었다.

그 기세는 결코 기루에서 난동이나 벌이는 불한당이 보일 수 있는 그런 기세가 아니었다.

"재미있군."

종리무외의 말을 들은 나는 사형을 바라보았다. 사형의 뜻을 묻기 위해서였다.

"약속을 어길 사람 같지는 않다."

사형의 입에서 승낙이 떨어졌다. 나 또한 사형과 어느 정도 같은 생각이었다.

적어도 약속을 내거는 종리무외의 태도는 당당했다.

그런 모습은 아무나 보일 수 있는 것이 아니었다. 적어도 그에 상응하는 자부심을 가지고 있는 자만이 보일 수 있는 것이고, 그런 자부심을 가지고 있다면 약속을 지키지 않을 리도 없었다.

한데 어째서 저런 사람이 이런 곳에서 난동을 부린단 말인가? 도무지 이해할 수 없는 일이었다.

'구태여 고민할 필요는 없겠지.'

나는 생각을 정리했다.

그가 어떤 행동을 하였든 나와는 상관없는 일이었고, 지금 중요한 것은 앞으로 있을 비무였다.

"이곳은 좁으니 밖으로 나가는 것이 좋겠군."

종리무외는 몸을 돌려 밖으로 발걸음을 향했다. 그 모습을 본 나는 종리무외를 따라나섰다.

"무기를 소지하지 않은 것 같은데, 필요하다면 시간을 주겠다."

"이 두 손이면 충분할 것 같군."

"가소로운……."

종리무외가 눈살을 찌푸리며 검을 들었다.

아무래도 일류의 경지에 들어서지 않는다면 적수공권(赤手空拳)으로 병기를 든 자를 상대하는 것은 힘에 겨웠다. 그러한 이유 때문에 권장법이나 수공, 지공을 익힌 무인들은 대부분이 수갑(手甲)이나 수투(手套), 투갑(鬪鉀)을 착용하는 것이었다.

"비무에 앞서 말해둘 것이 있다."

그 순간 사형의 전음이 들려왔다.

"가능한 본 문의 무공을 사용하지는 말도록 하여라."

"무슨 이유가 있습니까?"

어째서 전음으로 말하는 것인지 모르겠지만, 나 또한 사형에게 전음으로 답했다.

"하면 너는 기루에서 난동이나 부리는 술에 전 삼류무인 따위를 상대하는 일에 본 문의 무공을 사용하는 것이 옳다고 생각하느냐?"

"그도 그런 것 같군요. 알겠습니다. 신전수를 비롯하여 본 문의 무공을 일체 사용하지 않겠습니다."

나는 사형의 말에 수긍했다.

종리무외의 기세는 더할 나위 없이 훌륭했지만 눈은 주독으로 인해 충혈되어 있었고, 검을 쥔 손은 조금씩이지만 떨리고 있었다. 저 정도면 폐인이 되었다고 해도 과언이 아니었다.

"남아의 일언은?"

"중천금(重千金). 당연한 말씀을 하시는군요."

나는 당연하다는 듯이 대답했다. 그 순간 사형의 말이 이어졌다.

"아, 그리고 이건 조금 전에 생각나서 하는 말이다만, 저 종리무외란 사내 말이다……."

사형의 입가에는 묘한 미소가 그려져 있었다. 그 미소를 본 나는 왠지 모르게 불길한 기분이 들었다. 사형이 저런 미소를 지을 때면 늘상 무슨 사단이 발생하곤 했다.

"저자의 말이 사실이라면 이곳 감숙성에서는 꽤나 알려진 무인이다. 한때지만 공동의 제일검수로 구파일방이나 흑도의 세력을 통틀어도 그를 이길 자가 몇 없다고 들은 적이 있다. 혈쾌검(血快劍) 종리무외. 이것이 그를 가리키는 말이다. 지금은 술에 절어 폐인이 되었다지만 너의 좋은 상대가 될 것이다."

'끄응…….'

그제야 나는 사형에게 당했다는 것을 깨닫고 우거지상을 지었다.

아마 사형은 처음부터 종리무외의 정체를 알았던 것이 틀림없었다.

공동파(崆峒派).

감숙의 패자. 백수십여 년 전까지만 해도 구파일방 중 하나였던 공동은 조금은 사이한 무공 때문에 정파에서 배척받아 구파에서 떨어져 나간 곳이었다. 그러나 그 무공만큼은 결코 구파와 비교해도 처지지 않았다.

그곳의 제일검수라는 것은 적어도 장로라면 모를까, 그들을 제외한 이들 중에는 가장 강한 검수라는 뜻이었다. 지금이야 폐인이 되다시피 했다지만 명불허전이라는 말이 괜히 있는 것이 아니었다.

"기다리는 것도 지루하군. 두렵기라도 한 것인가? 지금이라도 용서를 빈다면 그냥 넘어가 줄 용의도 있다."

기다리다 못한 종리무외가 이죽거리며 나를 도발했다.

"두렵다고? 이 내가? 실로 가당치도 않은 소리를 하는군. 나 역시 준비는 끝났다."

나는 그의 도발에 응했다.

상황이야 어찌 되었든 지금 나는 비무를 하기 위해 나왔고, 그런 이상 물러설 생각은 없었다. 그것은 설령 상대가 누구라 할지라도 마찬가지였다.

"그럼 시작해 보지."

종리무외가 반보를 내디뎠다.

그와 동시에 그의 공격이 시작되었다.

거센 폭풍우와도 같은 기세를 뿜어내는 종리무외의 공격은 매서웠다. 나는 유영비만큼이나 익숙한 팔환보를 펼쳐 종리무외의 공격을 회피했다.

대련이 아닌 실제 비무. 그 부담감은 상당했다.

나는 이렇다 할 반격을 하지 못한 채 종리무외의 공격을 피하는 데 주력했다.

술에 전 몸이라지만 그의 공세는 날카롭기 그지없었고, 조금의 실수라도 한다면 그의 검이 내 전신을 난도질할 터이다.

"말만 그럴싸하게 하더니 도망치는 재주밖에 없었나?"

"주저리 말이 많군. 억울하면 실력을 보여주면 될 것 아닌가?"

종리무외의 비웃음에 나는 이죽거리며 응대했다.

그가 흥분하면 할수록 유리한 것은 나였다. 그가 조금의 빈틈이라도 보인다면 그 순간 이 비무의 승자는 내가 될 터이다.

"어디까지 계속 피할 수 있나 보겠다."

하나, 그것은 나만의 착각인 듯싶었다.

종리무외는 분노하기는커녕 오히려 더 냉정해진 모습으로 나를 압박해 들어왔다.

그나마 위태롭게 버텨가던 상황이 급박하기 돌아가기 시작했다.

애초부터 삼류무공 따위로 놈을 상대한다는 것이 불가능한 일이었다. 불과 수십여 초를 넘기지 못하고 위기에 몰리기 시작했다.

대체 어디를 보아서 그가 술에 전 폐인이란 말인가?

공동의 제일검수.

그는 능히 그렇게 불릴 만한 자격이 있었다.

서격—

계속되는 수세 속에 내 소맷자락이 길게 잘려져 나갔다. 등골이 오싹할 정도로 위협적인 공격이었다.

나는 생각을 달리하여 팔환보를 펼치는 데 주력했다.

지금 당장 승산이 없다면, 시간을 끌면 그만이었다. 그만큼 종리무외는 신법에 능하지 못했고, 지친 후라면 상황은 달라질 터이다.

"미꾸라지 같은 놈이군."

어느 순간 공격을 하다 지친 종리무외가 신형을 멈추었다.

그로서도 연신 매서운 공세를 뿌리는 것은 진기의 소모가 막심할 수밖에 없었다. 더욱이 누가 보더라도 종리무외의 몸 상태는 정상이 아니었다.

"인정하지, 신법 하나만큼은 대단하다고. 하지만 이것도 피할 수 있나 보겠다."

종리무외에게서 흘러나오던 기도가 달라졌다.

그와 함께 종리무외의 검에서 무엇인가가 솟구쳤다. 그것은 다름 아닌 검기였다.

"검기?"

나는 두 눈을 치켜떴다.

절정의 경지에 이르러야지만 시도할 수 있다는 검기.

한때지만 공동의 제일검수라 불렸던 무인다운 모습이었지만 지금 그의 꼬락서니를 보자면 이해할 수 없는 일이기도 하였다.

나는 다급히 종리무외와의 거리를 벌렸다.

검기라면 스치는 것만으로도 심각한 중상을 입을 수 있었다.

"어림없는 수작."

종리무외는 그런 나를 보며 거리를 좁혀왔다.

등에서 식은땀이 흘러내렸다. 그 정도로 내가 느끼는 압박
감은 상당했다.

검기를 처음 대하는 것은 아니었다.

사형 역시 절정을 넘어 초절정에 이른 무인이었고, 비무 시
에 종종 검기를 사용하곤 했다.

사형에 비한다면 종리무외의 검기는 초라할 정도였지만 그
럼에도 이토록 긴장되는 것은 사형과는 다르게 종리무외의 공
격에는 살기가 담겨 있다는 사실 때문이었다.

서걱―

그런 와중 검기가 옆구리를 베고 지나갔다.

스친 것에 불과한 수준이었지만 고통은 지독했고, 상처가
난 옆구리에서는 피가 쉴 새 없이 흘러나왔다.

몸이 말을 듣지 않았다. 이 정도라면 사형과의 비무에서 늘
상 입는 수준의 상처에 불과했지만 그때와는 전혀 다른 느낌
이었다.

두려웠다.

이래서 사부와 사형이 항상 경험이 얼마나 중요한지에 대해
누누이 말했나 보다.

신전수만 사용한다면, 아니, 하다못해 유영비만이라도…….
머릿속에 이런 생각이 맴돌았다. 생각뿐만이 아니었다. 도저
히 이길 수 없다는 판단을 내렸다. 결국 나는 본 문의 무공을
사용하기로 마음을 먹었다.

그 순간이었다.

"지금 무엇을 하려 하느냐? 네가 정녕 이길 마음으로 한 번이라도 싸워보기나 했다는 것이냐? 네가 그러고도 내가 그토록 자랑스러워했던 내 사제란 말이더냐?"

그 순간 터져 나온 것은 사형의 매서운 일갈이었다. 그것은 처음 들어보는 분노에 찬 음성이었다.

'이, 이 내가……'

나는 정신을 차렸다.

이 무슨 추태란 말인가?

사형의 말처럼 나는 제대로 겨루어볼 생각조차 하지 않은 채 물러서기에 급급하고 있을 뿐이었다. 그저 부상을 입는다는 사실이 두려웠던 것이다.

사형과의 비무에서도 조금도 물러서지 않았던 나다. 지금 그 어디에도 내 그런 모습은 남아 있지 않았다.

파파팟!

나는 이를 악물고 종리무외에게 쇄도했다.

검기 따위는 피해내면 그만이었다. 설령 부상을 입는다 한들 단 한 번의 기회만 주어진다면 종리무외를 쓰러뜨릴 수 있었다.

종리무외가 기다렸다는 듯이 검기를 흩뿌리며 마주 짓쳐들었다. 검기를 피해 몸을 틀며 일권을 내질렀다. 강호의 삼류무사도 알고 있는 육합권법의 한 초식에 불과했지만 그 위력만은 확연히 달랐다.

응당 내가 피할 것이라 생각했던지 종리무외가 순간적으로 멈칫했다.

나는 그 순간을 놓치지 않았다.

신법을 펼쳐 종리무외에게 파고들며 기세를 올렸다. 종리무외는 거리를 벌리기 위해 다급히 신형을 뒤로 물렸다. 하지만 무작정 물러선 것만은 아니었다. 물러서며 그가 휘두른 검기가 재차 내 옆구리를 훑고 지나갔다.

그럼에도 나는 쇄도하는 것을 멈추지 않았다. 오히려 더욱더 속도를 내며 그를 따라붙었다.

단 일격.

이 비무를 끝내는 데에는 그것이면 충분했다.

종리무외 또한 위기감을 느꼈는지 더는 물러나지 않았다. 종리무외의 검기가 요동을 치며 나를 향해 날아들었다.

긴박한 순간, 나는 온 정신을 종리무외의 검세에 집중했다.

피할 수 있다.

아니, 완전히 피하지는 못하더라도 기회를 잡는 데는 부족함이 없으리라.

검의 곡선이 눈에 들어왔다.

비스듬히 내려치는 그의 검세는 정확히 내 왼쪽 어깨를 노리고 있었고, 나는 그의 바람대로 어깨를 내어주었다.

서걱—

종리무외의 검기가 내 왼쪽 어깨부터 허벅지까지 길게 자르고 지나갔다. 신기하게도 고통은 느껴지지 않았다. 그와 동시에 내 주먹이 종리무외의 가슴팍에 틀어박혔다.

콰당!

종리무외는 피를 토하며 나가떨어져 담벼락에 처박혔다. 승패를 판가름 짓는 실로 결정적인 한 수였다. 내 신형 역시 힘없이 무너져 내렸다.

그제야 상처에서 미친 듯한 통증이 느껴졌다. 이를 악물었지만 신음성이 연신 흘러나왔다. 그래도 마음만은 더할 나위 없이 흡족했다. 사형과의 약속을 지켰을뿐더러 생애 첫 비무에서 승리한 것이다.

그 순간 들려온 것은 절망의 구렁텅이로 빠뜨리는 종리무외의 목소리였다.

"대단하군, 정말 대단해. 설마 그 상태에서 공격을 해올 것이라고는 미처 생각지 못했다."

나는 간신히 고개를 들었다.

믿을 수 없게도 종리무외가 비틀거리며 걸어오고 있었다.

흙먼지가 묻고 피에 얼룩진 볼썽사나운 모습이었지만 그보다 중요한 것은 그에게 아직 힘이 남아 있다는 사실이었고, 이 비무의 승자가 내가 아니라는 것이었다.

"보아하니 더 움직일 수 없을 듯싶군. 설무위라 하였던가? 약속하지. 이 비무의 승패와 상관없이 이번 일에 대해 깨끗이 잊어버리겠다고."

종리무외는 입가에 흘러내리는 피를 닦으며 말을 이었다.

"대신 한 가지 조건이 있다. 무슨 이유에서인지 모르겠지만 본신 무공을 사용하지 않는 것 같더군. 약속하라. 부상이 나으면 차후 나를 찾아오겠다고. 그때는 나 역시 지금과 다를 것이다."

주독으로 인해 부들부들 떨리는 그의 손은 여전했지만 두 눈은 투지로 불타오르고 있었다.

내가 본 문의 무공을 사용하지 못했던 것처럼 그 역시 폐인이 되다시피 한 몸으로는 모든 것을 펼쳐 보이지 못했을 것이리라.

"크윽……."

나는 이를 악물었다.

억울했다. 몸을 일으키고 싶었지만 말을 듣지 않았다. 패했다는 사실이 억울한 것은 아니다. 사형을 제외한다면 처음으로 가져 보는 비무였다. 그런 비무에서 이런 상대와 겨룬다는 것은 즐거운 일이었다.

단지 내 실력으로 싸울 수 없다는 것이 너무나 원통하고 억울했다. 멋지게 싸워보고 싶었다. 그러고도 패한다면 결코 이렇게 억울하지만은 않으리라.

"쉬어라. 이 정도면 너는 최선을 다한 것이다. 지금 보니 내가 혈쾌검이라는 무인에 대해 잘못 생각하고 있었구나."

어느새 다가온 사형이 상처를 지혈해 주며 말했다.

호통을 내지르던 조금 전과는 다르게 사형의 입가에는 부드러운 미소가 흐르고 있었다.

"사형, 일으켜 주십시오."

"지금 일어나는 것은 좋지 않다. 피를 너무 많이 흘렸다. 일 단 의원을 부른 뒤에……."

"아닙니다. 저는 지금 일어나야겠습니다."

"……."

사형은 말없이 나를 바라보았다. 그리고 잠시 후, 천천히 입 을 열었다.

"알았다. 네가 원한다면 그리하마."

나는 사형의 부축을 받아 가까스로 일어날 수 있었다.

"내가 졌소."

나는 자리에서 일어나 종리무외에게 정중히 고개를 숙이며 패배를 시인했다.

"사형, 잠시만 비켜주시겠습니까?"

"혼자 서 있을 수 있겠느냐?"

"물론입니다."

나는 후들거리는 다리를 부여잡고 간신히 대답했다. 사형은 아무 말 없이 나에게서 멀찌감치 떨어졌다. 그 모습을 본 나는 종리무외에게 시선을 돌리며 말했다.

"나에게 그랬소? 후일 상처를 치료하고 다시 한 번 겨루어 보자고?"

"그렇다."

"좋소. 그렇다면 시작해 봅시다. 나는 이까짓 것을 상처라 고 생각하지 않으니 말이오. 나 설무위, 혈쾌검 종리무외에게 정식으로 비무를 신청하오!"

나는 큰 소리로 외쳤다.

중요한 것은 지금이었다. 다시 볼 수 있을지 없을지조차 알지 못하는 상황에서 그런 의미없는 약속 따위는 필요없었다.

지금이 아니라면 안 되었다.

아니, 반드시 지금이어야 했다.

본격적인 싸움은 지금부터였다. 나 설무위의 두 번째 비무가 시작되는 것이다.

"하하하! 그 패기가 좋고 오기가 좋구려. 나 공동의 혈쾌검 종리무외 기꺼이 비무에 응하겠소."

종리무외가 대소를 터뜨리며 비무에 응해왔다.

저벅저벅…….

나는 말없이 종리무외에게 다가갔다. 몸을 일으킬 수조차 없었던 내가 어디에서 그런 힘이 솟는 것인지 나조차도 모를 일이었다.

파파파파팍—!

천천히 움직이던 내 신형이 빨라졌다.

본문의 독문보법 유영비(遊影飛)가 내 의지에 의해 펼쳐졌다.

일 초식이었다.

단 일 초식뿐이었다.

그 안에 어떻게든 승부를 내야 했다. 몸이 나에게 그렇게 말하고 있었고, 정신이 속삭이고 있었다.

종리무외 또한 그러한 사실을 어느 정도 짐작한 듯싶었다.

하지만 종리무외는 피하지 않았다. 피하기는커녕 오히려 정면으로 맞서오고 있었다.

이것이 생사를 결하는 싸움이라면, 종리무외가 어떤 선택을 했을지 장담할 수 없었다. 그러나 지금 중요한 것은 서로의 실력을 알아보고자 하는 비무라는 사실이었다.

즐거웠다. 상대와 겨룬다는 것이 이렇게 즐거운 일이라는 것은 예전에 미처 몰랐다. 아니, 상대가 종리무외라는 무인다운 무인이었기에 즐거운 것일 수도 있었다.

종리무외를 향해 달려가는 내 입가에 한없이 기분 좋은 미소가 걸렸다.

우우우웅—

전력을 끌어올리는 듯 과도한 내공의 운용으로 종리무외의 얼굴이 붉게 달아올랐다. 그와 동시에 종리무외의 검이 나를 향해 뻗쳐 왔다.

정종의 숨결을 가득 뿜어내고 있는 종리무외의 검세에서 수십 가지의 변화가 일었다. 어느 것 하나 무시할 수 없는 그런 위력이 담긴 변화였다.

가슴이 떨려왔다. 이 정도라면 최선의 몸 상태에서 상대한다 할지라도 장담할 수 없는 상황이었다.

그제야 나는 종리무외 또한 모든 실력을 보이지 않고 있었다는 것을 알아차릴 수 있었다. 새삼 공동의 제일검수라는 이름이 가지는 무게감을 느낄 수 있었다.

세차게 고개를 흔들며 잡생각에서 벗어났다.

어찌 되었든 지금은 저 이름 모를 초식을 상대하는 데 최선을 다해야 할 시점이었다. 하지만 좀처럼 파훼할 방법이 생각나지 않았다. 유영비도 신전수도 이 순간만큼은 너무나 무력하게 느껴졌다.

한참을 생각해도 돌파구에 생기지 않자 이제는 오기가 생겼다.

파훼할 수 없다면 부딪치면 그만이었다.

내가 그렇듯이 종리무외 또한 내 공격을 파훼할 수 없을 것이라는 확신이 들었다.

나는 신전수를 펼치기 위해 공력을 끌어 모았다.

그 순간, 무엇인가 알 수 없는 기묘한 느낌이 전신으로 퍼져 나갔다.

"아!"

내 입에서 나도 모르게 탄성이 흘러나왔다.

어느 순간부터 시간이 느리게 흘러가고 있었다.

그것은 손끝에서 시작되어 주위에 움직이는 모든 것으로 그 범위를 넓혀가고 있었다.

그토록 상대하기 어렵게 보였던 종리무외의 검세가 한눈에 읽혀 들어왔다. 셀 수조차 없었던 수십 가지의 변화가 무용지물이나 다름없게 느껴졌다.

무의식중에 한 발이 앞으로 움직였다. 그리고 같은 발이 또다시 앞으로 뻗어나갔다.

촤륵! 촤르르르륵—!

종리무외가 뿌려대는 무수히 많은 파도 같은 검기들이 내 몸을 훑고 지나갔다. 하지만 그 검기 중 실제로 내 몸에 와 닿는 것은 하나도 존재하지 않았다.

그렇게 검세를 피하며 종리무외에게 다가선 나는 남아 있는 모든 내력을 끌어올려 신전수를 펼쳤다. 종리무외의 눈이 부릅뜨여지는 것을 볼 수 있었다. 바람결을 타고 흘러간 신전수는 아무런 저항도 받지 않고 그대로 종리무외의 복부에 틀어박혔다.

퍼펑—!

가죽 공이 터지는 소리와 함께 종리무외는 선혈을 토하며 허공으로 떠오른 종리무외는 십여 장에 가까운 거리를 튕겨나갔다.

벽이 없다는 것이 종리무외에게는 크나큰 행운이었다. 만약 벽이 있었다면 그 충격으로 인해 종리무외는 큰 부상을 면치 못했을 것이리라.

"우웩!"

내 입에서 검붉은 피가 한 움큼이나 쏟아져 나왔다. 무리를 한 나머지 기혈이 뒤틀린 것이다.

일순간 고막이 막힌 것처럼 먹먹했다. 심각한 내상의 징후들이었다. 이제 외상을 입은 것 따위와는 비교조차 할 수 없는 심각한 상태에 이르렀다.

그런 와중에서도 쓰러지지 않고 버티고 서 있었다.

견뎌야 했다. 손에 와 닿는 느낌이라면 공격이 성공했다는 것을 확신할 수 있었지만, 그 정도로는 마음을 놓을 수 없게 만드는 것이 바로 종리무외라는 무인이었다.

만약 이대로 내가 쓰러진 이후에 종리무외가 일어선다면……

나는 또 패하고 마는 것이다.

물론 이번에는 패한다고 할지라도 억울하지만은 않았다. 최선을 다했고, 그것이면 족했다.

'하나, 둘……'

마음속으로 숫자를 헤아리기 시작했다. 열까지만 셀 생각을 가졌다. 숫자를 전부 셀 때까지 종리무외가 일어나지 못한다면 승자는 내가 되는 것이다.

단지 열이라는 숫자를 세는 것이 이토록 힘겨울 것이라고는 생각해 본 적이 없었다. 그냥 숫자를 건너뛰고 '열'을 세고 땅바닥에 드러눕고 싶었다.

하나 그럴 수는 없는 일이었다.

그렇게 이기느니 차라리 지는 것이 나았다. 나는 비겁한 승리보다는 정정당당한 패배를 원했다.

'아홉……'

마침내 숫자는 하나만을 남겨놓고 있었다.

움찔!

그 순간 미약하게나마 종리무외의 몸이 꿈틀거렸다.

절망감이 엄습해 들었다.

조금씩 몸을 꿈틀거리던 종리무외가 천천히 자리에서 일어나는 모습이 눈에 들어왔다.

'진 것인가……?'

허탈한 기분이 밀려왔다. 그래도 이 정도면 충분하다고 생각했기에 아쉬운 마음은 들지 않았다.

나는 패배를 인정하기 위해 천천히 입을 벌렸다. 하지만 그 순간 뜻밖에도 나보다 종리무외의 입이 먼저 열렸다.

"네가… 이겼다."

종리무외는 간신히 말을 끝마치는 것과 동시에 다시 쓰러졌다.

그 모습을 지켜보고 있던 나 역시 희미한 미소를 머금으며 정신을 잡고 있던 끈을 놓았다.

내가 정신을 차린 것은 그로부터 삼 일이 지나서였다.

내가 누워 있던 곳은 풍월루 안에 위치한 설련의 처소였다. 사형의 말로는 내가 쓰러진 직후부터 설련이 나를 간호했다고 하였다.

"으윽……."

온몸에서 지독한 통증이 느껴졌다.

"정신이 좀 드시는지요?"

"여기는……?"

"제 처소입니다."

"어째서 내가… 아!"

그제야 나는 내가 종리무외와 싸우고 정신을 잃어버린 것을 기억할 수 있었다.

"이것 좀 드셔보시지요. 지난 삼 일간 아무것도 드시지 못하셨습니다."

"삼 일이라……."

나는 죽 그릇을 받기 위해 손을 들었다. 하지만 손가락 하나 움직이지 못할 정도로 힘이 없었다.

"제가 해드리겠습니다."

"사형은 어디에 있습니까?"

"말을 낮추시지요. 부담스럽습니다."

"아, 알았소."

조금 어색하긴 했지만 그것이 편하다면 굳이 하지 못할 이유도 없었다.

자신을 위해 나서주었다는 이유 때문일까?

이전과는 다르게 설련은 무척이나 다정스럽게 나를 대해주었다.

"사형 되시는 분은 볼일이 있으시다며 잠시 나가셨습니다."

"그렇구려."

"이제야 정신을 차렸군."

누군가가 방문을 벌컥 열어젖히며 방 안으로 들어왔다. 종리무외이었다. 나보다는 부상이 덜한 듯 종리무외는 금세 자리를 털고 일어난 듯싶었다.

"그래, 몸은 좀 어떤가?"

"견딜 만하오."

"이거 생각보다 약골이군."

종리무외는 뭐가 그리 궁금한지 이것저것 많은 것을 물어왔다.

사문이 어디냐?

같이 있던 사람은 사형이냐?

네 무공도 그 정도였는데, 그렇다면 그 사형이란 사람은 얼마만큼 강한 것이냐?

정신이 없을 정도였다. 어쨌든 그러는 사이 종리무외와 말을 틀 정도로 친해지게 되었다.

"가보겠네."

"다음에 보세."

조금 더 이야기를 나누다 종리무외가 돌아갔다.

눈치가 빠른 것인가?

돌아서기 전 그의 시선은 잠시 설련에게 향했고, 그의 입가에는 의미심장한 미소가 그려져 있었다.

시간이 흘러 해가 졌다.

"후욱……!"

생각보다 고통이 심했다.

낮에는 그나마 견딜 만하던 것이 밤이 되니 힘에 겨웠다. 열이 솟구치고 온몸이 사시나무 떨리듯 떨려왔다.

종리무외가 가져온 금창약 덕택으로 어느 정도는 아물었다고 하지만, 상처가 불로 지지는 듯이 아파왔다. 운기라도 하고 싶었지만 내상이 너무 심해 그럴 수도 없었다. 지금은 참고 견뎌야 할 시간이었다.

고뿔 한 번 걸려보지 않은 내가 이 무슨 추태란 말인가? 대번에 자리를 박차며 일어나고 싶었지만, 솟았던 기력은 언제 사라졌는지 상체조차 일으킬 힘이 없었다.

"잠시 들어가겠습니다."

설련이 의원이 처방해 주고 간 약을 달여왔다.

약을 떠먹여 주려 했지만, 먹지 않았다. 나는 약 따위에 의존하는 사람이 아니었다. 지금까지 그렇게 살아왔고, 앞으로도 그렇게 살아갈 것이다.

"죽엽청을 한 병 가져다줄 수 있겠소?"

"의원이 당분간 육류와 술을 자제하라고……."

"괜찮소."

나는 약을 치우며 설련에게 독한 죽엽청 한 병을 가져다달라고 요구했다.

"휴… 알겠습니다."

설련은 한참 동안 머뭇거린 후에나 죽엽청을 가져왔다. 한 병 전부를 마시자 어느 정도 고통이 가셨다. 고통이 가시자 이번에는 술기운이 밀려왔다.

나는 고개를 돌려 설련을 바라보았다. 처음 보았을 때처럼 천상의 선녀가 내려온 듯한 느낌이었다. 술기운의 힘을 빌어 자리에서 일어났다. 그리고 설련을 향해 다가가 손을 뻗었다.

두근두근…….

거절하면 어쩌나?

칼을 맞대고 싸우는 것보다 더 긴장되었다. 차라리 눈을 감고 싶은 심정이었다.

다행히 설련은 내 손길을 거부하지 않았다.

나는 마음속으로 아주 긴 안도의 한숨을 내쉬었다.

설련의 얼굴에 내 손을 가져다 대었다. 거친 나와는 다르게 참으로 고운 피부였다.

말없이 설련을 품에 안아 들었다. 그리고 내가 누워 있던 침상으로 다가갔다.

스르르륵…….

설련을 침상에 눕히고 한 꺼풀씩 옷을 벗겼다. 설련은 상체를 들어 내가 옷을 벗길 수 있도록 도왔다.

설련의 아름다운 동체가 세상에 그 모습을 드러내는 순간 정신이 아찔했다. 태어나 사람의 몸이 이렇게 아름다울 수 있다는 것을 처음으로 느꼈다.

'이제 어떻게 해야 하지…….'

두 번째 난관에 봉착했다.

막상 옷을 벗기긴 했지만, 도무지 무엇을 해야 할지 알 수 없었다.

이럴 줄 알았다면 사형에게 뭐라도 물어보는 것인데… 땅을 치고 후회하고 싶은 심정이었다. 그 순간 설련의 입이 조심스럽게 열렸다.

"저도… 처음이에요."

나도 모르게 입가에 미소가 걸렸다. 그리고 어디서 연유된 것인지는 모르겠지만 자신감이 생겼다.

입술을 포갰다.

긴장감이 사라질 정도로 달콤한 입맞춤이었다.

나는 설련의 입술과 설육(舌肉)을 탐했다. 향기로운 타액이 설련의 혀를 타고 내 입으로 흘러들었다.

설련은 부드럽게 내 등을 쓰다듬었다.

"으흑……."

두 손으로 보석을 만지듯 부풀어 오른 수밀도를 감싸 안았다. 설련의 입에서 나지막한 교성이 흘러나왔다.

"살살요……."

설련은 부끄러운 듯 고개를 돌린 채 말했다. 그 모습이 너무나 귀여워 그만 설련을 와락 끌어안았다.

천천히, 그리고 소중하게…….

이 정도 이야기는 들었던지라 나는 최대한 설련을 아프게 하지 않기 위해 조심했다.

목이 탔다.

나는 다시 설련의 타액을 탐했고, 설련은 주저없이 모든 것을 내어주었다.

그러는 와중 우리는 서로를 깊숙이 받아들이고 있었다.

어떤 때는 규칙적으로, 또 어떤 때는 불규칙적으로 우리의 동체는 춤을 추듯 움직였다.

"아아……!"

설련의 입에서 아름다운 선율이 흘러나왔다.

천상의 악기로 연주한다 한들 이와 같은 선율을 만들어내지는 못하리라.

설련은 백옥처럼 하얀 팔을 들어 내 허리를 감쌌다. 그것을 보답이라도 하듯 나는 더욱더 힘차게 움직였다.

"후욱후욱……!"

"하악하악……!"

두 가지 신음 소리가 뒤섞여 또 다른 음률을 만들어내었다.

언제부터인가 우리는 절정으로 치닫고 있었다. 몸뿐만이 아니라 마음과 마음이 통하고 있었다.

"저… 이제……."

설련이 비몽사몽의 눈빛으로 나를 바라보았다. 그녀의 입에서 단내가 흘러나왔다.

"헉……!"

"아흑……!"

마침내 어느 순간 내 몸속에서 뜨거운 그 무엇이 분출되었다.

설련은 그 모든 것을 받아들이려는 듯, 활처럼 몸을 휘며 나를 끌어안았다.

잠시 후, 우리는 나란히 누워 서로의 숨소리를 느끼며 아직 끝나지 않은 여운을 즐겼다. 내 팔베개가 만족스러운 듯 설련은 내 품에서 떨어지지 않았다.

사르륵…….

나는 사랑스러운 눈길로 설련을 바라보며 손을 들어 머리카락을 쓸어 넘겨주었다.

　설련은 나에게 언제 떠날 것이냐고 물었다.

　나는 그 질문에 차마 대답하지 못했다. 이대로 영원히 함께 있었으면 좋겠다는 생각이 불현듯 머릿속에 맴돌았다.

　하나 그것은 사치에 불과했다.

　나는 꿈을 꾸고자 하는 사람이었고, 또한 꿈을 이루고자 하는 사람이었다.

　지금은 그 꿈을 위해 노력할 시기였다. 이번 종리무외와의 비무에서 그것을 더욱 느낄 수 있었다. 술기운이 어느 정도 가시자 피곤이 몰려오면서 스르륵 눈이 감겨왔다.

　나는 무려 이틀이 지나서야 잠에서 깨어났다.

　잠에서 깨어난 나를 보고 사형은 제정신이냐고 물어왔다.

　아마 그런 몸 상태에서 설련과 관계를 가진 것에 대해 말하는 것 같았다.

　나는 아무런 말 없이 씩 웃었고, 사형은 그런 나를 보며 고개를 설레설레 내젓더니 좋았냐고 물어보았다. 나는 말로 표현하지 못할 정도로 좋았다고 대답했고, 결국 사형과 내 입에서는 동시에 대소가 터져 나왔다.

　"그보다 사형, 비무 시에……."

　나는 종리무외와 비무 당시 일어났었던 그 기묘한 상황에 대해 털어놓았다.

"저런, 그런 일이 있었구나."

"사형이라면 아실 것 같아 물어본 것입니다."

"그것은 일생에 몇 번 찾아오지 않는다는 깨달음이다. 흔히들 무아지경에 들었다고도 하지."

사형은 무척이나 아쉬워하는 표정으로 대답했다.

그것은 일종의 깨달음으로 내 경지가 낮아 그다지 큰 성취를 보지는 못하였을 것이라 설명해 주었다. 시간이 조금 더 지나고 그러한 순간이 왔으면 좋았을 것이라 한탄 아닌 한탄을 하였다.

사형이 잠시 자리를 비우고, 나는 곰곰이 종리무외와의 비무를 떠올렸다.

어렴풋이 기억은 나지만, 모든 것을 기억할 수는 없었다. 다만 한 가지 선명하게 기억할 수 있는 것은 유영비를 펼쳤을 당시 나의 움직임이었다.

발을 번갈아가며 앞으로 나아간 것이 아니라, 왼발을 축으로 오른발만이 뻗어나갔다. 왼발은 그냥 자연스럽게 보조를 맞추며 끌려 나갔을 뿐이다.

"아……!"

내 입에서 탄성이 흘러나왔다.

그제야 나는 사형이 한 말이 어렴풋이나마 이해가 되었다.

그것은 적어도 육성(六成)에는 이르러야 펼칠 수 있는 유영비의 한 수법인 일원보(一元步)였다. 고작해야 오성(五成)에 머물러 있는 내가 펼칠 수 있는 수준이 아니었다.

"다시 한 번······."

나는 아픈 몸을 무릅쓰고 자리에서 벌떡 일어났다. 그때 그 상황을 재연하기 위해서였다.

파파파파팟!

내 몸이 앞으로 자연스럽게 한 발을 내디디며 아무런 무리 없이 일원보가 펼쳐졌다.

아직 그 성취가 미진했지만 내 입가에 절로 미소가 그려졌다. 아무리 빠르더라도 족히 일 년 이상은 노력해야 할 그런 경지에 단숨에 올라선 것이다. 하지만 입가에 그려진 미소가 사라지는 데에는 그리 오랜 시간이 걸리지 않았다.

만약 이 깨달음이 내가 유영비를 칠성이나 팔성 정도 익힌 상황에서 왔다면 어떻게 되었을까?

그제야 어째서 사형이 그토록 아쉬워하며 한탄했는지 알 수 있었다.

"녀석······."

그 순간, 잠시 자리를 비웠던 사형이 방문을 열고 들어왔다. 사형은 방 한가운데 서 있는 나를 보고 대충 상황을 파악한 듯 씁쓰름한 표정을 지었다.

환한 미소로 사형을 반겼다.

어차피 깨달음이 없었던 것보다야 비교조차 되지 않는 좋은 상황이 아니던가?

"몸은 좀 어떠하냐?"

"견딜 만합니다."

"쉬어라. 무리해서 움직이는 것은 좋지 않다. 혹시라도 그런 생각을 하고 있었다면 버리는 것이 좋다. 후유증이 온다면 그것이 후일 네 발목을 잡을 수도 있다."

"명심하겠습니다."

사형은 이내 방문을 닫고 나갔다.

다시 이틀이라는 시간이 지나고, 마침내 어느 정도 거동이 가능한 상태가 되었다. 이제는 산으로 돌아가야 할 시간이었다.

"휴……!"

막상 사부 생각이 떠오르자 걱정이 앞섰다.

다른 것은 몰라도 속인 사실만큼은 사부가 용서할 리 없었다. 호된 질책과 그에 상응하는 체벌이 있을 터이다.

종리무외가 떠나는 우리를 위해 두 마리 준마를 준비해 주었다. 세도가의 사람이라고는 생각했지만 설마 하니 감숙성주가 그의 부친일 것이라고는 생각지 못했다.

월향과 설련이 간절한 표정으로 하루만 더 머물다 가라며 우리를 만류했다. 그러나 더 지체할 수는 없었기에 아쉬운 마음을 뒤로하고 풍월루를 나서야 했다.

돌아가는 길은 쓸쓸했지만 우연치 않게 맺어진 두 사람과의 인연으로 마음만은 뿌듯했다.

마침내 우리는 산에 올라 거처에 도착했다.

"늦었구나. 들어가서 쉬도록 해라."

호된 질책을 예상하였던 내 생각과는 다르게 사부의 입에서 흘러나온 말이었다.

 그간의 사정도 묻지 않았으며, 단지 내가 입은 부상의 정도에 대해서만 지나가는 말로 물으셨다. 어느 정도 각오를 하고 있던 나로서는 어리둥절할 따름이었다.

 어찌 되었든 그것이 내가 기루에서 가진 첫 경험이었다.

疾風歌

회상(七) 술법을 배우다

질풍가

1399. 건문(建文) 이년.
연왕과 건문제의 군대가 처음으로 격돌함.
민심이 흉흉해지고, 각지에서 도적들이 창궐함.

불과 일 년도 지나지 않아 대명천지에 피바람이 일었다. 각지에서 연왕과 건문제의 군대가 부딪친 것이었다. 탐색전에 불과했지만 그 여파만큼은 결코 작지 않았다.
관과 무림은 불가침이라는 묵계에 따라 중원무림은 가능한 한 이번 싸움에 끼어들지 않고 있었다.

*   *   *

내가 술법을 본격적으로 배우기 시작한 것은 사형이 돌아온 지 일 년이라는 시간이 흐른 후였다. 아마 약관이 되기 조금 전이었던 것으로 기억한다.

당시 나는 건곤신공의 수련을 중단한 채 천기심공과 함께 잡학을 배워 나가기 시작했다.

역학(易學)을 비롯하여 천문지리(天文地理), 거기에 풍수(風水)까지 그 모든 것을 배운 후에서야 나는 비로소 술법에 입문할 수 있었다.

술법은 기감을 통하여 천지간에 퍼져 있는 오묘한 기운을 느끼고 그것을 바탕으로 하여 펼치는 것이다. 그렇지 않은 술법도 있었지만 그 위력에 있어서 차이는 분명했다.

천기심공(天氣心功).

단순히 명상을 하는 데 유용할 뿐이라고 생각하였던 천기심공은 과연 본 문의 모든 무공의 모태가 되기에 부족함이 없었다.

내공이 축기로 인해 쌓이는 것이라 술법은 그와는 달랐다. 구태여 축기를 하지 않아도 펼칠 수 있었고, 그것이 바로 중단전을 활용한 명상이었다. 천기심공이 바로 중단전을 활용할 수 있게 해주는 심법이었다.

천기심공 역시 단계가 존재하여 일성, 이성, 삼성처럼 어느 정도에 올라섰는지 알 수 있었다.

술법을 본격적으로 배우기 시작하면서 나를 가르친 것은 사형이었다.

그러나 그 시간이 그리 길지만은 않았다.

술법보다는 무공에 관심이 많던 사형은 입문 정도만 하였을 뿐이었고, 그런 술법을 배우는 데에는 오랜 시간이 필요치 않았다.

사형은 대부분의 시간을 건곤신공과 검법을 연마하는 데 주력했다. 사형이 어째서 그토록 내공과 검법에만 치중하는지 알 수 없었지만, 나는 그런 사형이 조금은 이상하기도 하였다.

"그때에는 진기를 운행하는 방식이 다르다. 곡천혈(曲泉穴)부터 시작해서 회음혈(會陰穴)로 진기를 보낸다. 그리하여……."

사부와는 다르게 사형에게서 가르침을 받는 것은 무척이나 즐거운 일이었다.

이따금씩 휴식을 취하는 것은 물론이오, 그 시간에 사형이 북해에서 겪었던 이런저런 흥미로운 일들을 들려주기도 하였다.

"어디 한번 시전해 보아라."

"예."

나는 사형의 말이 끝나자마자 즉시 천기심공을 운기하여 중단전을 개방시켰다.

스스슥…….

그와 더불어 내 신형이 여러 개로 늘어났다.

팔환사(八幻祀).

여덟 개의 환영을 만들어내는 본 문의 독문 분신술로 여타 다른 분신술과는 그 궤를 달리하였다.

일반적으로 분신술은 단순히 환영을 만드는 것에서 그치지만 팔환사는 이목까지 흐리게 하여 더욱 분간하기가 어려웠다.

파파파팟!

두 개로 시작된 환영은 어느새 일곱 개에 육박하고 있었다. 하지만 환영이 일곱 개로 늘어나면서부터 그중 하나가 희미해지고 있었다.

"그만하면 되었다."

사형이 손을 내저으며 입을 열었다.

"벌써 일곱 개라니……."

나를 바라보는 사형의 입에서 나지막한 감탄성이 흘러나왔다.

"아직 멀었습니다."

"아니다. 고작 반년을 배워서 그 정도라면 더 이상 너에게 가르칠 것은 없는 것 같구나."

"사형, 그게 무슨 말씀입니까?"

"이제부터는 내가 가르칠 것이 없다는 말이다. 앞으로는 사부께 배워야겠구나."

"벌써 말입니까?"

"그렇다. 잘해보아라. 나와는 다르게 너는 술법에 관심이 있으니."

사형의 말처럼 나는 술법에 관심이 있었다.

그것은 오래전 사부가 보여주었던 몇 가지 술법에서 기인하였다. 그러한 술법들은 내 마음을 송두리째 뒤흔들어 놓았다.

더욱이 술법이라는 말을 처음 들었을 때, 그 느낌을 아직도 잊을 수 없었다. 그것은 마치 운명의 끈으로 연결되어 있는 듯한 그런 느낌이었다. 그렇다고 신전수 역시 소홀히 할 생각은 조금도 없었다.

"최선을 다하겠습니다."

두근두근.

가슴이 심하게 요동을 쳤다. 그것은 설렘과 흥분, 그리고 긴장이었다.

사부에게 술법을 배우는 것은 인내를 요하는 일이었다.

그 수련이 얼마나 지독하였으면 진절머리가 날 정도겠는가.

사부가 나를 그렇게 몰아치는 데에는 그럴 만한 이유가 있었다.

술법을 익히는 것과 무공을 익히는 것과는 다르다.

무공이 반복적인 수련을 통해 익히고 몸에 배게 하는 것이라면 술법은 일종의 감각, 즉 영감을 통해 느끼는 것이었다.

중간이 흐름이 끊겨 버린다면 그 감각은 무디어져 버렸고, 그 감각을 이어가려면 상당한 시간을 할애해야만 했다. 그래서는 제대로 된 수련이 되지 못했다.

나는 이를 악물고 수련에 임했다.

본 문에 입문하여 사부에게 격체전공(隔體傳功)을 시술받았을 당시, 앉은 자리에서 일어나지도 않고 서너 시진은 운기에 임했던 나다.

지치고 힘들어 땅바닥에 대 자로 드러누워 쉬고 싶을 때도 있었다. 갈증이 치솟아 사형과 마시던 술 한잔 생각이 간절할 때도 있었다.

하지만 나는 그 모든 것을 참아내고 이겨냈다. 어느 순간부터 내 두 눈에서는 독기가 흘러나왔다.

습관이라는 것은 참으로 무서운 것 같았다.

그토록 힘들고 고달팠던 수련이 일정 시간 이상 지속적으로 반복되자 점차 익숙해지기 시작했다. 그렇게 일 년이라는 시간이 지났을 무렵, 치를 떨게 만드는 지독한 수련은 나에게 있어 평범한 일상생활이 되어버렸다.

"백겁화술!"

내 외침과 함께 부적이 재로 화하며 불길이 솟구쳤다.

지옥의 염화 같은 시퍼런 불길은 그대로 커다란 나무 기둥을 침몰시켰다.

백겁화술(白劫火術)!

상승의 술법으로써 부적을 사용하는 술법 중 하나였다.

부적을 이용해 불길을 불러일으킨 후 내공을 운기해 그것을 상대에게 쏘아 보내는 술법이었다.

불길에 물리적인 효과가 있는 것은 아니다.

적에게 직접 물리적인 타격을 줄 수 있는 술법은 그리 많지 않았다. 본 문의 수많은 술법 중에서도 기껏해야 서너 가지에 불과할 뿐이었다.

그럼에도 나무 기둥이 힘없이 침몰된 것은 그 이면에 신전수라는 은밀한 무공이 힘을 발휘했기 때문이다.

환영에 불과하다 할지라도 실제로 막상 불길이 몰려온다면 두려움에 휩싸이지 않을 수 없었고, 그런 두려움은 불길 속에 감추어진 신전수의 기운을 느낄 수 없게 만들었다.

더구나 아무리 물리적인 충격은 없다 할지라도 정신적인 충격 또한 무시할 수만은 없었다. 실제로 정신력이 강한 사람이 아니라면 불길의 환영만으로도 큰 충격을 입힐 수 있었다.

"되었다. 여기까지 하자."

옆에서 내 모습을 지켜보고 있던 사부가 어느새 저물어가는 해를 보며 입을 열었다.

평소보다 조금 이른 시간에 수련을 끝내자는 사부에 말에 나는 고개를 갸웃거리며 물었다. 보통은 해가 완전히 지고 난 후라야 오후 수련을 마쳤다.

"알겠습니다."

웬일인지 이해가 가지 않았지만 나는 묵묵히 고개를 끄덕였다.

"그건 그렇고, 신전수가 많이 늘었더구나."

"아직 제가 원하는 경지는 아닙니다."

나는 멋쩍은 듯한 미소를 지으며 대답했다.

"아니다. 그렇게 술법을 사용하면서 신전수를 운용하기란 결코 쉬운 일이 아니야. 그만하면 지난 일 년간 네가 얼마나 노력했는지를 알 수 있다. 유영비의 진도는 어떠하더냐?"

"그것 역시 만족하지는 못하나, 또한 불만족스럽지도 않습니다."

"그렇구나."

사부의 눈에 순간적으로 이채가 스치고 지나갔다.

"지금 어느 정도 수준에 도달해 있더냐?"

"칠성입니다."

"나쁘지 않구나. 너는 네 사형과는 다르게 술법과 신전수를 중점으로 익혔으니 유영비에 매진해야 한다. 더욱이 유영비가 팔성에 이르게 된다면 그것만으로도 능히 상대를 제압할 수 있음이니 조금도 소홀함이 없도록 하여라."

"제자가 자세히 알 수 있겠습니까?"

순간적으로 내 눈에서 섬광이 흘렀다.

유영비만으로 상대를 제압할 수 있다는 것은 처음 듣는 이야기였다.

"어차피 배우게 될 터이니 미리 설명해 주겠다."

사부는 천천히 말문을 열었다.

유룡보(遊龍步).

용의 숨결이 토해지며 한 보를 내딛는 것만으로도 상대를 위협한다.

그것은 오래전 세 발자국으로 주위 모두를 무릎 꿇렸다는 소림의 달마삼보와 비슷한 맥락이었다. 이제는 절전된 무공이었지만 흑도의 무공 중에서 비슷한 것으로 마도종횡보(魔道縱橫步)가 있었다.

"하면 단천구검의 어느 수준에 이르렀느냐?"

"그, 그것이……."

사부가 본 문의 독문검법 단천구검에 대해서 묻는 순간 고개를 떨구었다.

신전수와 유영비와는 다르게 지난 일 년간 단천구검에는 손을 대지 않고 있었다. 수박 겉 핥기 식으로 대강대강 모양새만을 내며 익혔을 뿐이다.

"쯧쯧… 내가 왜 그렇게까지 단천구검을 익히라고 하는 줄 아느냐?"

"알고 있습니다."

이미 몇 번은 사부나 사형에게 들은 이야기였다.

강호의 무인들이 가장 많이 사용하는 병기가 만병지왕(萬兵之王)이라 불리는 검이었다. 그만큼 검에 대해 알고 있다면 적을 상대하기가 수월하다는 뜻이다.

단순히 그 수만 생각하면 도나 창을 사용하는 무인이 그보다 많을 수도 있다. 하지만 적어도 절정 이상의 경지에 오른 무인이라면 검을 사용하는 경우가 가장 많았다.

더욱이 신전수에는 치명적인 약점이 있었다.

그것은 다리에 부상을 입거나 움직임이 여의치 않을 시 그 위력이 감소된다는 사실이었다.

"그런데도 익히지 않는단 말이냐?"

"주의하겠습니다."

"그래도 입은 달려 있다고 말은 잘하는구나. 알았다. 어차피 이제 네 녀석도 스스로 생각할 나이가 되었으니 다그쳐서 무슨 소용이 있겠느냐."

사부는 고개를 돌려 이제는 노을의 희미한 기운만이 남아 있는 서쪽 하늘녘을 바라보았다. 사부는 그렇게 틈만 나면 저물어져 가는 해를 바라보았다.

"먼저 내려가거라. 나는 조금 후에 내려가겠다."

"그렇게 하겠습니다."

이제는 노을의 희미한 일렁임마저 사라져 버린 후였지만, 사부의 시선은 여전히 서쪽 하늘녘에 머물러 있었다.

*　　　*　　　*

사부에게 술법에 배우기 시작한 지 어느덧 이 년이 흘렀다.

지독한 수련이 일상생활로 바뀌자 괴로움은 사라지고 즐거움이 찾아왔다. 무공을 익히는 것 또한 즐거웠지만, 신기막측한 술법을 익히는 것에 비할 바가 아니었다.

언제부터인가 나는 사부가 시키지 않아도 스스로 하루 중 대부분의 시간을 술법에 심취하여 보냈다. 그 덕분인지 내 실력은 하루가 다르게 일취월장해 갔다. 사형을 넘어선 지도 오래였다.

"중단전을 개방해 보거라."

"알겠습니다."

사부의 말에 나는 천기심공을 운기하기 시작했다.

기감이 증폭되며 중단전이 개방되었다. 주위의 기운이 피부에 와 닿으며 어느새 몸 전체에 충만한 기운이 감돌았다. 그와 더불어 내 눈에는 적색의 화염이 일렁였다.

"되었다. 그만 하거라."

사부는 인상을 찌푸리며 손을 내저었다. 나는 이내 천기심공을 중단하였다.

"대체 왜 네 눈빛이 변하는 것인지 모르겠구나."

축기를 하지 않는다 뿐이지 천기심공 역시 성취라는 것이 존재하였다. 명상을 통하여 중단전을 개방하여 받아들일 수 있는 기운이 늘어나는 것이 바로 천기심공의 핵심 요결이었다.

특이하게도 천기심공이 일정 이상의 수준에 오르자, 그때부터 내 눈빛은 중단전을 개방할 때마다 붉게 물들었다.

"별다른 이상이 있는 것 같지는 않다만……."

사부는 여전히 인상을 풀지 않은 체 한참 동안 생각에 잠겼다.

"혹시 무엇이 잘못되기라도 한 것입니까?"

"그것은 아닌 것 같다. 크게 신경 쓸 일은 아닌 것 같으니 너는 수련에만 매진하도록 하거라. 내가 알아보도록 하겠다."

"알겠습니다."

"이제 월혼류를 펼쳐 보거라."

"알겠습니다."

나는 천기심공을 운기하며 전신을 개방하여 기감을 극도로 끌어올렸다.

월혼류(月魂流).

월광의 숨결을 받아야만 시전할 수 있는 술법으로 혼백이 떠난 육신을 시전자가 인위적으로 조정하는 강시술의 일종이었다.

다른 술법들과는 다르게 그리 탐탁지 않은 술법이었다. 만약 이것을 익혀야만 하는 다른 이유가 없었다면 배우지 않았을 터이다.

월혼류는 혼백이 떠난 육신을 조정할 수 있게 해주지만 역으로 다른 술법사가 펼친 강시술을 파훼하는 데에도 유용했다. 더욱이 후일 배우게 될 삼대비술 중 하나와 밀접한 연관이 있으므로 반드시 일정 수준 이상 익혀야 했다.

월광을 받은 내 몸에 광채가 일었다. 그 광채는 이내 사방으로 퍼져 나갔고, 주위로 기의 파동이 일었다.

꾸으윽. 꾸룩꾸룩.

기의 파동과 더불어 시체에 불과했던 동물들이 꿈틀거리며 움직이기 시작했다.

그것은 오금이 저릴 정도로 괴기스럽기 그지없는 모습이었다. 담이 약한 이들이라면 보는 것만으로도 심장이 멈출 수 있었다.

"되었다."

사부의 허락이 떨어지고 나서야 나는 월혼류를 펼치는 것을 멈출 수 있었다.

"미물에 불과하다지만 죽고 나면 그들과 우리의 차이점이 무에 있을까. 가서 묻어주도록 해라. 누차 말했듯이 월혼류를 펼치는 것은 상대의 강시술을 파해하기 위해서가 아니라면 결코 사용해서는 아니 된다."

"명심하겠습니다."

"어지간한 강시술이라면 정파는 물론이오, 흑도에서도 공적으로 삼고 있다. 그럼에도 내가 너에게 이 술법을 전수하는 이유는 삼대비술과도 연관이 있지만 그보다는 공적이 되면서까지 강시술을 사용하는 자들이 있다면 그 성취가 극성에 달해 어지간한 방법으로는 상대할 수 없다는 이유 때문이다. 영무자는 어디까지 익혔더냐?"

"언제 어느 때든 펼칠 수 있습니다."

월혼류가 달빛 아래서만 펼칠 수 있다면 영무자(影武者)는 빛이 있는 곳에서 펼칠 수 있었다. 상대의 그림자 속에 스며드는 영무자는 우매보가 극성에 이르러야만 펼칠 수 있었다.

"그렇구나. 하면 이제 삼대비술만이 남았구나."

사부는 만족스러운 듯 고개를 끄덕였다.

두근두근

가슴이 벅차올랐다.

마침내 본 문의 수많은 술법 중 최고라 칭해지는 삼대비술을 배울 수 있게 된 것이다.

술법을 배우기 시작한 이래로 나는 사형과 정기적으로 비무를 가졌다.

여전히 나는 사형의 적수가 아니었다.

사형의 입문은 나와는 팔 년 가까이나 차이가 났고, 그것은 결코 적은 시간이 아니었다. 더욱이 천양지체라는 가혹한 운명을 이겨낸 사형에게는 그에 걸맞은 능력이 주어졌다.

하나 술법을 배우기 시작한 지 사 년 정도가 지나가 상황은 조금 달라졌다.

무공만으로 대적한다면 나는 사형의 백초지적이 되지 못했지만 비무에 술법을 사용하며 임한다면 이따금씩 사형을 곤경에 빠뜨리기도 하였다.

"자, 시작하겠다."

"오십시오."

휘익—

사형의 검이 내 목 언저리를 노리고 매섭게 날아들었다.

나는 지둔의 술법을 사용해 사형의 이목에서 벗어날 기회를 노렸다. 그러나 사형은 당황하지 않고 침착하게 내가 모습을 드러내기를 기다렸다.

쐐애액—

내 몸이 다시 땅속에서 솟구쳐 오르는 것과 동시에 사형의 검이 쇄도했다.

하나 그것은 오히려 내가 원한 상황이었다.

"크윽!"

땅속에서 솟구쳐 오른 것은 환영이었다.

사형은 설마 내가 이중으로 함정을 팔 것이라고는 생각하지 못했는지 내 신전수를 맞고 허벅지에 경미한 부상을 입었다.

"제법이구나."

"이 정도는 해야 되지 않겠습니까?"

"그렇더냐? 하지만 지금부터는 어림없다."

사형의 기도가 달라지며 검에서 적색의 검기가 솟구쳤다.

"전력을 다할 생각이십니까?"

"물론이다. 이제 전력을 다하지 않고는 너를 이기기가 힘에 겹구나."

"하면 저 역시 전력을 다하겠습니다."

나는 내심 적색 검기를 보며 감탄을 금치 못했다.

검에서 한 치나 솟구치는 검기는 사형의 내공이 얼마나 정심한지를 보여주는 척도나 다름없었다.

이제 어중간한 술법을 펼칠 수는 없었다.

나는 본 문의 삼대비술 중 유일하게 익히고 있는 천원이분술(天元二分術)을 펼치기로 마음먹었다. 아직 펼치기에는 미약한 수준이었지만 지금으로써는 다른 방도가 없었다.

건곤신공을 유지하며 한편으로는 천기심공을 운기하여 중단전을 개방했다.

천원이분술은 술법과 무공을 동시에 활용하는 술법으로 가히 본문의 삼대비술 중 하나로 불리기에 부족함이 없었다. 천원이분술을 펼치는 것과 동시에 내 신형이 두 개로 나뉘어졌다.

흔히 강호에는 이형환위(移形換位)라고 부르는 절정의 신법이 있다고 한다.

본래 이형환위란 신형을 움직여 다른 곳으로 이동한다는 간단한 의미이다. 그러나 그것이 터득하기 어려운 상승의 공부로 분류되는 것은 그 움직임이 찰나간에 일어난다는 데 있었다.

이형환위를 펼치는 무인을 상대함에 있어 그 움직임을 눈으로 따라잡는 것은 불가능에 가까운 일이었다.

"천원이분술!"

사형의 입에서 탄성이 흘러나왔다.

"벌써 그것까지 익혔더냐?"

"오늘만큼은 쉽지 않을 것입니다."

"놀랍구나. 하나 아직은 부족한 듯싶구나."

사형은 대번에 내 성취를 알아보았다.

그것은 이따금씩 흐려지는 하나의 신형을 보아서도 알 수 있었다.

"하지만 이 정도로도 사형을 상대하는 데에는 별 지장이 없을 것입니다."

나는 오늘에야말로 사형을 꺾을 수 있을 것이라 확신했다.

천원이분술(天元二分術).

그것은 본 문의 비전 절기라 할 수 있는 삼대비술 중 하나로써 이형환위라는 무공의 원리와도 일맥상통(一脈相通)하는 술법이었다.

어떻게 보면 천원이분술은 술법이라기보다는 무공이라 할 수 있었다. 실제로 팔성 이상의 경지에 오른 유영비의 도움이 없다면 천원이분술을 펼칠 시도조차 할 수 없었다.

하나 천원이분술에도 단점은 있었다. 그것은 내공의 소모가 극심해 펼칠 수 있는 시간이 그리 길지 않다는 사실이었다.

어쨌든 사형을 상대하는 데 있어 그러한 약점 따위는 생각하지 않아도 되었다. 내공의 소모가 심하다면 그전에 승부를 내면 그만이었고, 그것은 다른 누구와 겨룬다 할지라도 마찬가지였다.

그러나 나는 사형을 너무 쉽게 생각했다.

아니, 정확히는 사형이 그런 방법을 사용할 것이라고 생각하지 못한 것이 실수라면 실수였다.

"응? 저기 설련을 닮은 웬 아가씨가……."

돌연 사형이 검기를 회수하며 시선을 돌렸다. 덩달아 나 역시 사형의 시선이 향한 곳으로 고개를 돌렸다.

그 순간이었다.

와직―

어느새 지척까지 이른 사형의 주먹이 나를 후려쳤다. 그 충격에 나는 그대로 땅바닥에 나뒹굴었다.

"쯧쯧, 오늘은 네 녀석이 역으로 나에게 당했구나."

사형이 혀를 차며 쓰러져 있는 나에게로 걸어왔다.

"사형답지 않으신 수를 썼습니다."

나는 얻어맞은 얼굴을 매만지며 애써 미소를 머금었다.

"나다운 것이 어떤 것인지는 모르겠지만 네가 방심했다는 사실은 변함이 없다. 이것도 경험이라 생각하거라."

"좋습니다. 이번에는 완패로군요. 하지만 다음번 비무에서는 이렇게 되지 않을 것입니다."

나는 충격이 가시자 자리에서 일어났다.

조금 억울한 것은 이러한 방법이 이따금씩 장난 삼아 내가 사용하는 것이라는 사실이었다. 물론 통한 적은 단 한차례도 없었다.

"그럼 약속대로 이번 술값도 네 녀석이 부담해야 된다."

"차라리 벼룩의 간을 빼 먹으십시오. 그렇지 않아도 궁핍한 사제에게 너무하지 않습니까?"

나는 부어오른 얼굴을 매만지며 툴툴거렸다.

"허, 저 아랫마을 의원 댁에 얼마 전 오십 년 묵은 하수오를 발견해 팔았다고 하던데 그게 헛소문이었나?"

"끙……."

나는 고개를 설레설레 내저었다.

얼마 되지도 않은 일이거늘 대체 사형이 언제 그 사실을 알았단 말인가?

"좋습니다. 오늘은 제가 책임지도록 하겠습니다. 대신에……."

"되었다. 우리 사이에 무슨 말이 필요 있겠느냐? 남자는 입이 가볍지 않은 법이다. 아마 사부께서는 절대 이 일을 알지 못하실 것이다."

사형이 호쾌하게 웃었다. 역시 이래서 나는 사형이 마음에 들었다.

*　　　　*　　　　*

"일이 생겨 잠시 산을 내려가야겠다."

어느 날 사부는 우리를 불러놓고 산을 내려가야 할 일이 생겼다고 말을 꺼냈다.

무척이나 뜻밖의 일이었기에 당혹스러웠지만 한편으로는 설련이를 다시 볼 수 있을지도 모른다는 생각에 설레는 것도 사실이었다.

"무슨 일이 있으십니까?"

"내 개인적인 일이니 너희들은 알 것 없다."

언제 출발할 차비를 갖추어놓았는지 사부의 거처에는 보따리가 놓여져 있었다.

"오래 걸릴 일입니까?"

"어림잡아 반년은 걸릴 것 같다."

"하면 제가 모시고 가겠습니다."

"되었다. 아직 너희들의 수발이 필요한 나이는 아니지 않더냐?"

무슨 이유 때문인지는 모르겠지만 사부는 따라나서겠다는 사형의 청을 일언지하에 거절했다.

"언제 떠날 생각이십니까?"

"오늘 중으로 떠날 생각이다."

"괜찮으시겠습니까?

대체 무슨 소리를 하는지 알 수 없었지만, 어쨌든 사형의 표정은 그다지 좋지 않았다.

"나를 벌써부터 늙은이로 아는 것이냐? 걱정할 필요 없다. 그것보다 운천이 너는 몇 가지 준비를 해줘야겠다."

그다지 쉽게 끝날 일이 아닌 듯 사부가 사형에게 지시한 물건은 제법 많았다.

"지금 바로 준비하도록 하겠습니다."

사형은 자리에서 일어나 사부가 시킨 일을 하기 위해 밖으로 걸어나갔다.

"내가 없는 동안에도 무공 수련을 게을리 하지 않을 거라 믿는다."

사부는 사형이 나가자 나를 바라보았다.

"알겠습니다."

"술법은?"

지금까지와는 다르게 사부가 진중한 어투로 물었다.

"쌓은 것이 아니라 느끼는 것입니다."

"그렇다. 기녀를 만나러 가도 좋고 술을 마셔도 좋다. 하지만 잊지 말아라. 단 하루라도 수련을 중단한다면 그 몇 배에

달하는 시간이 의미없이 흘러간다는 사실을."

"명심하겠습니다."

조금은 들떠 있던 기분이 가라앉았다.

이렇게까지 사부가 말한 이상 주천까지 나가는 것은 쉽지 않은 일이 될 터이다.

"배웅까지는 필요없으니 너는 이만 나가서 수련에 매진하도록 하여라."

"알겠습니다. 무사히 다녀오십시오."

그렇게 사부는 산을 내려갔고, 내가 사부를 다시 보게 된 것은 그로부터 육 개월이라는 시간이 흐른 뒤였다.

*   *   *

"쿨럭……!"

기침과 함께 사부의 입에서 검붉은 피가 흘러나왔다.

사부가 병석에 누운 것은 산을 내려갔다 돌아온 지 얼마 지나지 않은 무렵이었다. 그때부터 사부의 몸은 빠르게 쇠약해져 가고 있었다.

처음에는 단순한 잔병치레거니 생각했다.

사부가 어떠한 사람이던가?

불혹의 나이에 무경의 경지에 올라 그 당시에도 천하에 상대할 자가 몇 없을 정도로 강한 무인이었다.

그런 사부가 일개 병마 따위에 무릎을 꿇는다는 것은 도저히 있을 수 없는 일이었다. 그러나 그것은 사실이었고, 나는 그때부터 지극 정성으로 사부의 수발을 들기 시작했다.

"이 녀석아……."

사부가 힘없는 목소리로 나를 불렀다.

"말씀하십시오."

"너에게 괜히 무공을 가르쳐 준 것 같다."

사부는 서글픈 표정으로 나를 바라보았다.

"제가 원해서 한 일이지 않습니까. 그리고 이제 그것은 제 꿈이 되어버렸습니다."

"네 녀석은 강호라는 곳을 살아나가기에는 너무 마음이 여리다."

"……."

나는 사부의 말에 아무런 대답도 하지 못했다.

"겉으로는 네 녀석이 어떻게 보일지 몰라도 나는 네 마음이 누구보다 여리다는 것을 안다."

사부는 계속해서 나에 대한 걱정을 늘어놓았다.

지금까지 느끼지 못했던 나에 대한 사부의 마음, 그 모든 것들이 가슴에 와 닿았다.

"운천이 그 녀석을 북해로 데려다 주고 돌아오는 길에 너를 만나게 되었지."

"또 그 이야기를 하시는군요."

사부는 병석에 누운 뒤부터 나를 만난 당시의 일을 자주 언급했다.

"그곳에 머물고 싶었건만 그녀 때문에 그러지 못했다. 그것이 결국 너를 만나게 된 계기가 되었단다."

사부가 이야기를 늘어놓았다.

북해빙궁의 궁주와 연인 사이였던 사부는 피치 못할 사정으로 헤어지게 되었고, 그 이후 은거에 들어갔다. 짐작이었지만 그 이유가 아마도 사부의 명성과 관계가 있는 듯싶었다.

"너는 결코 잊지 말아야 한다. 후일 네가 강호에 나가 빙궁과 부딪치게 된다면……."

"잊지 않고 있습니다. 어느 정도는 양보를 하라는 것을요. 귀에 못이 박히도록 듣었지 않습니까? 주무세요. 오늘은 너무 늦었습니다."

나는 사부에게 이불을 덮어주었고, 얼마 지나지 않아 사부는 깊은 잠에 빠졌다.

疾風歌

회상(八) 약속을 하다

질풍가

1402. 건문(建文) 오년.

본격적으로 연왕과 건문제의 군대가 격돌함.

구파일방을 필두로 각 문파에서 형식적으로나마 무인 파견.

연왕과 건문제는 총력전을 펼치고 있었다. 전세는 서로 밀고 당기는 지루한 소모전만이 지속되고 있을 뿐, 그 누구의 우세도 아니었다.

결국 건문제는 마지막 패를 빼 들었다. 그것은 무림이라는 또 하나의 거대 세력을 이용한다는 계획이었다. 하지만 구파일방과 오대세가에서는 밀약이라도 맺은 것처럼 겨우 이대제

자에 불과한 소수의 인원만을 내려보내 다시 한 번 그들의 입
장을 보여주었다.

*　　　　*　　　　*

　사부가 산을 내려갔을 때의 일이다.
　실로 오랜만에 사형과 나는 부족한 생필품을 구입하기 위해
주천에 내려갔다. 사부와의 약조도 있고 하여 그동안은 무공
수련에만 몰두하였다. 내려간 김에 기루에 들러 술 한잔을 걸
치는 것도 잊지 않았다.
　돌아오는 길은 무척이나 적적했다.
　사형이 볼일이 있다며 돌연 어디론가 가버렸기에 홀로 행장
을 꾸려 산으로 향했다.
　그렇게 길을 가고 있던 도중 나는 여러 사람과 조우하게 되
었다.

　"어이, 거기, 게 서보거라."
　주천을 벗어나 기련산의 초입에 들 무렵, 어디선가 들려오
는 우중충한 목소리에 나는 반사적으로 고개를 돌렸다.
　그리 멀리 떨어지지 않은 노송 위에 눈빛이 강렬한 거한이
나를 내려다보고 있었다.
　신장은 그렇게까지 크지 않았지만 단단해 보이는 체구가 무
척이나 인상적인 자였다. 그리고 허리는 체구에 어울리는 육

중한 도를 차고 있었다.

"나를 불렀소?"

나는 하대와 다름없는 거한의 말투에 눈살을 찌푸리며 대꾸했다.

"그래, 네놈 말이다."

"무슨 용무이오?"

나는 서서히 기분이 나빠지기 시작했다.

설령 사형이라 할지라도 나에게 저런 말투를 사용하지 않았다.

"혹시 이곳으로 오는 도중 장년인 한 명과 이십대 중반의 사내 둘, 그리고 계집 하나가 끼어 있는 일행을 보지 못했느냐?"

거한은 내 표정을 거들떠도 보지 않으며 물었다.

"보지 못했소."

"뭐, 못 봤다니 어쩔 수 없군. 그럼 이만 꺼져라."

거한은 애초부터 별 기대를 하지 않았다는 표정으로 날파리를 쫓듯 손을 내저었다.

"재미있군."

나는 그런 거한을 보며 비릿한 미소를 머금었다.

"무슨 볼일이라도 남았느냐?"

거한은 내가 자리를 떠나지 않자 힐끗 나를 내려다보며 말했다.

"있지, 있고말고."

나는 그대로 거한이 앉아 있는 나무 기둥을 후려쳤다. 그러자 나무 기둥이 힘없이 두 동강이 나며 부러졌다.

거한은 크게 놀라며 몸을 날려 땅에 내려섰다. 그 체구와는 어울리지 않는 날렵한 움직임이었다.

"무슨 짓이냐? 지금 나에게 시비를 거는 것이냐?"

거한이 인상을 찌푸리며 물었다.

"시비는 당신이 먼저 걸지 않았던가?"

"이거 재미있군. 보아하니 무공을 익힌 흔적이 있어 무림인이라 생각했건만, 나를 알아보지 못하는 것을 보니 강호 초출인 애송이 녀석이었군."

거한은 마치 내가 자신을 알고 있어야만 한다는 듯이 어깨를 으쓱거렸다.

"아서라. 한 가닥 재주가 있어 보이긴 한다지만 그 어줍지 않은 실력으로는 나를 어쩔 수 없다."

"어줍지 않다라……. 그건 보면 알 수 있겠지."

나는 실소를 흘린 뒤 곧장 손을 내뻗었다.

쐐액―

건곤신공의 운용과 함께 내 손에서는 신전수의 기운이 뿜어져 나왔다. 은밀하면서도 날카로운 공격에 거한은 헛바람을 들이키며 급히 뒤로 물러났다.

"그 정도로?"

나는 비웃음을 흘리며 재차 쇄도했다.

거한의 신법은 체구에 비한다면 쾌속했지만 그 정도로는 벗어날 수 없었다.

퍼펑—!

두 차례의 연이은 강타.

우측 상반신과 하복부를 얻어맞은 거한은 신음성을 흘리며 나가떨어졌다.

"이래도 어쩔 수 없다고 생각하나? 다음부터는 조금 신중하게 상대를 고르시게나."

나는 쓰러져 있는 거한에게 그가 했던 그대로 어깨를 으쓱거린 후 신형을 돌렸다.

쒜애애액!

그 순간 나는 등 뒤에서 느껴지는 강력한 기운에 반사적으로 신형을 틀며 옆으로 비켜섰다.

촤아악—

내가 신형을 비트는 것과 동시에 하나의 도가 옆구리를 스치고 지나갔다. 지독히도 강맹하면서 빠른 도법이었다.

다시 도가 직선을 그리며 날아왔다. 나는 속수무책으로 물러서기에 급급했다. 그만큼 거한이 펼치는 도법은 파괴적이면서 위협적이었다.

간신히 도세에서 벗어난 나는 숨을 고르며 거산을 쳐다보았다. 거한은 상당히 놀라워하는 눈빛으로 나를 바라보고 있었다.

"우하하, 이거 제법 아닌가? 나 적무악을 이토록 당혹스럽게 만들다니 말이야."

돌연 거한이 이 상황에서 어울리지 않는 호쾌한 대소를 터뜨렸다.

'적무악이라……'

무척이나 귀에 익은 이름이었다.

어디서 들었을까?

곰곰이 생각하던 나는 이내 사형에게서 들었던 하나의 이야기를 떠올릴 수 있었다.

그것은 단신으로 강호오대표국 중 한곳인 중원표국에 쳐들어가 표행이 출발하기도 전, 표물을 털어버렸던 간 큰 녹림 도적의 이야기였다.

파풍도(破風刀) 적무악.

녹림십객(綠林十客) 중 일인이자, 도로는 천하에서 열 손가락 안에 꼽힌다는 무인, 바로 그였다.

"그렇군. 당신이 바로 파풍도 적무악이었군."

"우하하하! 하긴 내가 좀 유명하기는 하지."

적무악은 기분 좋은 대소를 터뜨리며 어깨를 으쓱거렸다. 하지만 그 대소는 그리 오래가지 못했다.

"녹림에 머리 빈 멍청이 하나가 있어 천방지축 날뛴다는 사실쯤은 익히 들어 알고 있지."

"무어라?"

"내가 틀린 말이라도 했나?"

나는 이죽거리며 대답했다.

적무악라……. 확실히 그 이름에서 느껴지는 무게감은 결코 적은 것이 아니다. 하지만 그보다 앞서 나를 흥분시키는 것은 감출 수 없는 기대감이었다.

새로운 상대와의 비무.

그것은 언제부터인가 마음 한구석에 묻어두고 있던 욕구였다.

"이놈이……!"

적무악의 얼굴이 불그스름하게 달아올랐다. 그것은 마치 화가 난 불곰을 보는 듯하였다.

"잘됐군. 그렇지 않아도 중원표국의 난다 긴다 하는 표두들을 모조리 때려눕혔다는 당신의 실력을 보고 싶었는데 말이야."

"애송이 놈이 죽고 싶어 환장을 했구나!"

적무악이 육중한 도를 휘두르며 쇄도해 들었다.

찰나간의 공격이었지만 이미 준비를 하고 있던 나는 적무악의 공세를 피해내며 반격을 가했다.

파콱—

내 신형이 흔들리듯 그 자리에서 사라지며 어느새 좌측으로 돌아가 적무악의 옆구리를 가격했다.

"어림없다!"

적무악은 코웃음을 치며 가볍게 내 공격을 피한 뒤, 세차게 도를 휘둘렀다.

쿠앙—

손잡이에 흑룡의 문양이 새겨져 있는 적무악의 도는 기묘하게 울리며 날아들었다.

서로의 공격을 피하며 일장박투가 벌어졌다.

십여 합을 주고받은 후에 우리는 탐색전을 그만두고 서서히 절초를 준비하기 위해 호흡을 가다듬었다.

'역시……'

그의 명성을 보아서 쉽지는 않을 것이라 생각했지만 이 정도까지라고는 생각지 못했다.

녹림십객(綠林十客).

강호에서 규모로만 따지자면 녹림보다 큰 세력이 존재할까?

녹림십객은 모든 녹림도를 통틀어 가장 강한 열 명의 무인을 가리키는 말이었다. 적무악은 그중에서도 수위에 속해 있었다.

'그렇다면……'

나는 건곤신공을 운기하며 공격을 준비했다.

신전수 제삼식 광풍만파(狂風萬波).

두 개에서 시작된 내 손이 네 개로 늘어나고, 그것이 다시 여덟 개로 늘어났다.

그렇게 셀 수 없을 정도로 늘어난 환영이 파도가 몰아치듯 적무악을 향해 쇄도해 갔다. 이미 극성까지 익히고 있는 초식이었기에 그 위력은 말로 설명할 수가 없을 정도였다.

"쓸 만하군."

적무악은 사뭇 긴장하는 모습을 보였지만, 주눅 들지 않은 태도로 내 공격을 받아쳐 왔다.

우우우웅!

칠성에 불과했던 내공을 팔성까지 끌어올렸다.

위력이 천양지차(天壤之差)로 달라졌다.

이전까지의 신전수가 잔잔한 파도였다면 지금은 해일이었다.

적무악은 급작스럽게 달라진 기세에 급히 내공을 끌어올려 막으려 했지만 이미 늦은 상황이었다. 연달아 몰아친 거대한 해일이 적무악을 덮치자 무참히 나가떨어졌다.

"응?"

그 순간 나는 고개를 갸웃거렸다.

분명히 공격은 성공했다.

그런데 손에서 느껴지는 이 이질적인 감촉은 무어란 말인가?

신전수를 칠성 이상 연성한다면 도검불침은 아니라 하더라도 손 전체가 무쇠처럼 단단해진다. 이미 칠성을 넘긴 나였기에 웬만해서는 고통을 느끼지 못했다.

그러나 지금 내 손 전체는 마치 거대한 쇳덩이를 내려친 것처럼 욱신욱신거리고 있었다.

"정말 제법이군, 제법이야. 나를 이렇게까지 곤란하게 하다니 말이야."

그 순간 자리에서 일어난 적무악이 가래침을 내뱉었다.

그 어디를 보더라도 부상이라고는 도무지 입은 것 같지 않은 모습이었다. 그제야 나는 불안감의 정체를 알아차릴 수 있었다.

"외문기공을 익혔나?"

"비슷하다고 할 수 있지."

"하긴 이 정도로 나가떨어진다면 재미가 없지. 자, 다시 한 번 시작해 보자고."

기분 좋은 미소를 지으며 적무악을 바라보았다. 억지로 짓는 미소가 아닌 마음속에서 우러나오는 미소였다. 그만큼 적무악 같은 무인과 겨루는 것은 즐거운 일이었다.

"타앗!"

"하아아아압!"

두 줄기의 세찬 기합성이 터져 나오며 적무악과 나는 치열하게 공수를 주고받았다.

끼이이잉!

기묘한 울림 소리와 함께 날아드는 적무악의 도는 파괴적이면서 위협적이었고, 웬만해서는 충격을 받지 않는 그의 외문기공은 거대한 철벽을 연상시켰다.

더구나 처음부터 전력을 다하지는 않았던 듯, 적무악의 도세는 점차 위력이 강해지고 있었다.

전신이 짜릿했다. 이것은 무공을 배우는 것과는 또 다른 즐거움이었다.

'이런 것이냐, 사형이 그토록 말했던 무인은 호적수와 싸우면서 회열을 느낀다는 것이?'

절로 웃음이 흘러나왔다.

사소한 단 한 번의 실수가 곧장 패배로 연결됨에도 그 긴장감 넘치는 즐거움에 웃지 않을 수 없었다.

"호호호……."

내 미소를 본 적무악 역시 마주 웃었다. 그 역시도 나와 같은 생각인 듯싶었다. 그 와중에도 치열한 싸움은 계속되고 있었고, 누구도 물러서지 않고 있었다.

'녹림십객. 사형은 이런 자들의 합공을 받으면서도 그토록 당당했던 것인가?'

문득 사형에게서 들었던 하나의 이야기가 떠올랐다.

북해에서 돌아오며 강호를 유람할 때, 사형은 녹림십객 중 일인인 광혈수(狂血手) 우익과 시비가 붙어 싸움을 벌였다고 했다.

우익은 수세에 몰리자 함께 있던 역시 녹림십객 중 일인인 합마괴 사심악에게 도움을 요청했고, 사형은 물러설 수 있었음에도 부상을 입으면서까지 그들 모두를 물리쳤다.

그 이야기를 떠올리고 있던 나는 문득 이상한 생각이 들었다.

당시 사형의 무공이라면 나보다 훨씬 떨어지는 수준. 적무악이 아무리 녹림십객 중에서 수위의 자리를 차지하고 있다지만 이상한 일이 아닐 수 없었다.

"싸움 중에 감히 한눈을 팔다니, 죽고 싶은 것이냐?!"

내가 잠시 다른 생각을 하는 사이, 적무악은 매서운 도초를 뿌려대며 위협해 들어오고 있었다.

찰나간이었지만 다른 생각을 하던 도중 내 움직임은 느려졌고, 적무악은 결코 그것을 놓치지 않았다.

서걱—

적무악의 도가 내 왼쪽 어깨 어림을 스치고 지나갔다. 깊은 상처는 아니었지만 순식간에 내 옷은 피로 물들었다. 순간의 실수가 어떤 결과를 초래한다는 것을 익히 알고 있음에도 그런 실수를 하다니, 실로 한심하기 이를 데 없었다.

어떻게 해서든 수세에서 벗어나기 위해 몸을 움직여 보았지만 쉬운 일이 아니었다.

적무악은 거머리처럼 끈질기게 붙잡고 늘어졌고, 그 와중에서 한 호흡을 내기란 여의치 않은 일이었다.

'술법을 사용한다면……'

힘든 상황이 계속되자 이런 생각이 들었다.

아무래도 무공만을 사용하는 것보다는 술법을 병행하는 것이 나에게는 익숙한 일이었다.

그러나 적무악의 유쾌한 두 눈을 보는 순간 그 생각을 머릿속에서 지워 버렸다.

이것은 살기를 내뿜으며 서로를 죽이고자 하는 싸움이 아니라, 단순히 우열을 가리고자 하는 비무였다. 이런 비무에서까지 술법을 사용할 정도로 나는 무르지 않았다.

'아직 싸움이 끝난 것은 아니다.'

나는 참고 또 참으며 기회를 노렸다.

그러던 와중 마침내 기회가 찾아왔다. 승기를 잡았다고 착각이라도 한 것인가?

극히 찰나간에 불과했지만 적무악의 도세에 틈이 일었고, 그것은 나에게 반격을 허용할 기회를 주었다. 나는 아직 익히지 못한 신전수 제사식을 펼쳤다.

그동안 단 한차례도 성공하지 못했지만 왠지 지금 이 순간만큼은 성공할 것이라는 확신이 들었다.

신전수 제사식 신전무형(神電無形).

형체도, 기척도 없었다. 마치 아지랑이 같은 흐느낌만이 존재할 뿐.

퍼펑―!

적무악은 가슴을 강타하는 충격에 두 눈을 부릅뜨며 그대로 나가떨어졌다.

"쿨, 쿨럭! 이게……."

적무악은 경악을 금치 못하고 나를 바라보았다.

적지 않은 충격을 입었는지 한차례 울혈을 뱉으며 쉽사리 일어서지 못하고 있었다.

"이 정도면 승패는 결정난 것 같군. 그렇지 않나?"

나는 희미한 미소를 머금었다.

모험이라고 할 수 있었지만 어쨌든 그것은 성공했고, 지금 이 자리에서 서 있는 것은 바로 나였다.

"설마… 무형장인가?"

"비슷하다고 볼 수 있지."

나는 고개를 끄덕였다.

확실히 신전수 제사식 신전무형은 형체가 존재하지 않았다. 총 칠 식으로 이루어진 신전수 중에서 칠식을 제외한다면 가장 익히기 어려운 초식이기도 했다.

"우하하, 깨끗하게 당했군. 설마 하니 무형장을 익히고 있을 줄이야…… 내가 졌다."

적무악은 대범하게 패배를 받아들였다.

싸울 여력이 남아 있지 않은 것은 아니었지만 그렇게까지 하고 싶지는 않은 듯싶었다.

"자네의 이름은?"

"설무위."

"들어보지 못했다."

적무악은 믿을 수 없다는 표정으로 슬쩍 고개를 저었다.

"당신 말처럼 강호 초출이니까."

"우하하하! 그렇군."

적무악은 통쾌하다는 듯이 대소를 터뜨리며 말을 이었다.

"그렇다면 강호는 이제 알게 되겠군, 설무위라는 무인이 있다는 것을."

"글쎄……."

나는 애매한 미소로 대답했다.

아직 나는 무공이나 술법 그 어느 것 하나 만족할 만큼 익히지 못했다. 적어도 강호에 나가는 것은 어느 정도 기틀을 마련한 후가 될 것이리라.

"처음에 반말로 지껄인 것은 사과하겠네. 그건 그렇고, 이것도 인연인데 어디 가서 술이나 한잔하는 것이 어떻겠나? 내가 사도록 하겠네."

적무악은 자리에서 일어나며 달라진 말투로 물었다.

"그럽시다."

나는 거절하지 않았다. 그는 인정할 만한 무인이었고, 제법 마음에 드는 사내였다.

"우하하! 좋아, 가자고. 한데 대체 사문이 어딘가? 당금 천하에 누가 있어 자네 같은 무인을 길러냈는지 정말 궁금하군."

"그보다 볼일이 있다고 하지 않았소?"

"있었지. 하지만 지금은 그 볼일보다도 자네와 술 한잔을 하는 것이 더 중요한 것 같군."

"편한 대로 하시오."

나와 적무악은 그렇게 마을이 있는 방향으로 발걸음을 옮겼다.

그 순간이었다.

"이런……."

적무악의 안색이 살짝 찌푸려졌다.

편도로 이어지는 길목에서부터 일단의 무리가 달려오는 소리가 울려 퍼졌다. 기척을 전혀 숨기지 않은 채 백여 장 어림에서 들려오던 그 소리는 빠른 속도로 가까워지고 있었다.

"잠시 기다려 줄 수 있겠나?"

"그렇게 하겠소."

"고맙네."

나는 걸음을 옮겨 그와 멀찌감치 떨어진 곳에 자리를 잡았다.

그와 같은 무인과 술 한잔을 나누기 위해서라면 얼마든지 기다려 줄 용의가 있었다.

잠시 후 편도에서 몇 명의 사람이 다가왔다.

면사여인과 나이가 지긋한 장년인, 그리고 사내 둘로 이루어진 일행이었다. 그가 찾던 이들이 맞는 듯 적무악은 도를 어깨에 걸머진 채로 그들 앞을 막아섰다.

"서라."

"웬 놈이냐?!"

"어서 길을 비켜라!"

그들 중 앞서 있던 청년 둘이 나서며 적무악을 막아섰다. 적무악을 바라보는 그들의 시선은 매섭기 짝이 없었다.

"비키지 못하겠다면?"

적무악은 건들거리며 그들 앞으로 걸어갔다.

"감히!"

"어디서 행패이더냐!"

청년 둘이 당장 손을 쓰기라도 할 듯 눈살을 찌푸리며 걸음을 옮겼다.

"되었다. 너희들은 이만 물러서라."

그러나 그들의 그런 행동은 가장 연장자로 보이는 장년인의 말에 무산되었다.

"당신이 이곳엔 어쩐 일이오?"

장년인은 적무악을 알아보기라도 한 듯 청년들과는 달리 조심히 적무악을 대했다.

"어쩐 일이라……. 장호유 당신이 그것을 모르지는 않을 텐데?"

"설마 그 일을 말하는 것이라면 분명히 녹림 총채와 매듭을 지었소."

장호유라 불린 중년인이 눈살을 찌푸리며 대답했다.

"총채와는 끝냈는지 몰라도 나와는 아직 끝나지 않았다."

"허허, 이 일을 녹림 총채에서 안다면 당신 또한 무사하지 못할 것이오."

"종남일검, 개소리하지 마라! 우악 채주가 나와 의형제를 맺은 사이라는 것은 온 세상이 다 아는 일! 너는 그런 내 의형을 포로로 잡은 상황에서 가차없이 한 팔을 자르고 씻지 못할 모욕을 주었다! 그것이 정도를 표방하는 너희들이 할 짓이란 말인가?"

적무악이 기세를 내뿜으며 말했다.

진정으로 화가 났는지 그가 내뿜는 기세는 나를 상대할 때와는 다르게 살기가 깃들어 있었다.

'종남일검(終南一劍)이라…….'

시선을 돌려 장호유라 불린 중년인을 바라보았다.

내가 아는 강호의 무인들을 그리 많지 않았지만, 웬만큼 유명한 무인이라면 대충이나마 알고 있었고, 종남일검 장호유 역시 그중에 속해 있었다.

종남파 당대 장문인의 사제로서 종남에서 몇 손가락 안에 드는 강자였다.

적무악과 비교하자면 아무래도 처지는 실력이라고 할 수 있었지만, 그것은 어디까지나 세간의 평가일 뿐이었고, 피를 보는 승부라면 어떻게 될지 아무도 모르는 일이었다.

"그 부분에 대해서는 제가 말씀드리도록 하지요."

그 순간 나선 것은 면사여인이었다.

"당시에는 어쩔 수 없는 상황이었습니다. 아시다시피 저희가 지니고 있는 사리는 반드시 돈황으로 가져가야 하는 물건입니다. 한 번 예외를 둔다면 어떤 승냥이들이 다시 덤벼들지 몰랐습니다."

"그것을 말이라고 지껄이느냐! 녹림이 자신의 영역을 지나가는 표물에 대해 통행세를 요구하는 것은 당연한 일이다!"

"저희가 실수한 부분이 있다는 것도 인정을 합니다. 그렇기 때문에 녹림 총채에 전서를 보내 이번 일에 대해 사과를 한 것이 아닙니까?"

면사여인은 조금도 물러서지 않은 채 대답했다.

'누구일까?'

문득 면사여인의 신분이 궁금해졌다.

대체 누구이기에 적무악 앞에서 저리도 당당할 수 있단 말인가? 목소리를 듣건대 후기지수임에 분명했다. 그 나이에 저런 모습을 보이는 것은 쉽지 않은 일이었다.

"결국은 힘이 없어서 너희들에게 그토록 비참하게 당했다는 것이 아니더냐? 하면 이번에는 너희들이 한번 당해보아라!"

"보자 보자 하니 가관이로구나."

"한낱 녹림의 일개 도적이 광오하다!"

그와 동시에 유심히 상황을 지켜보고 있던 이십대 사내 둘이 검을 빼 들며 앞으로 나섰다.

"화산에 버르장머리없는 두 놈이 있어 미꾸라지처럼 날뛴다 하더니 너희가 바로 그놈들이로구나!"

적무악은 가소롭다는 표정과 함께 코웃음을 쳤다.

"뭐라!"

"어디서 감히!"

사내 둘은 시뻘게진 안색으로 적무악을 노려보았다.

"두 분은 잠시만 물러나세요. 제가 적 대협께 드릴 말씀이 있답니다."

"난 더 이상 들을 말이 없다! 무슨 말이 그리 많단 말이냐? 무인은 주먹으로 말하는 것이다. 너희 두 놈이 들고 있는 검은 장식품에 불과하더냐? 계집의 치마폭 뒤에 숨어 있는 것이 좋기도 하겠구나! 차라리 그렇게 자신이 없다면 나에게 무릎을 꿇고 빌도록 하여라, 내 목숨만은 살려줄 터이니! 우하하!"

적무악이 비아냥거리며 대소를 터뜨렸다.

"이놈!"

"가관이 따로 없구나."

그와 동시에 화가 머리 꼭대기까지 치민 화산파 무인 두 명이 누가 먼저랄 것도 없이 동시에 달려들었다. 이에 적무악 역시 기다렸다는 듯이 도를 휘두르며 맞서갔다.

"이런……."

그 모습을 본 면사여인이 발을 동동 구르며 탄식을 흘렸다.

이것은 누가 보더라도 화산파 무인 두 명이 먼저 손을 쓴 상황이었다. 적무악이 그렇게 유도를 했지만 이래서야 나중에라도 적무악에게 책임을 전가할 수가 없었다.

화산파 무인 둘은 합공을 하고 있음에도 몇 초 지나지 않아 금세 수세에 몰렸다.

쿠앙―

적무악이 휘두른 강렬한 도풍에 그들의 신형이 힘없이 밀려나 울혈을 토해냈다.

적무악은 연신 그들을 몰아쳤다. 이대로라면 얼마 지나지 않아 화산파 무인 두 명의 목숨은 풍전등화의 위기에 처할 터다.

"쯧쯧, 저 성질머리가 결국 일을 크게 만드는구나. 단 소저, 미안하게 되었네. 같은 사문은 아니라지만 수십 년 지기의 제자들일세. 이대로 두고 볼 수만은 없군."

"예, 이제는 어쩔 수 없지요."

면사여인이 짧은 한숨을 내쉬며 한 발 물러났다.

"파풍도의 체면이 있지, 그만 하고 나와 겨루어봅시다."

장호유가 나서자 화산파 무인 둘은 몸을 빼기 위해 신형을 뒤로 물렸다.

"흐흐, 어딜 빠져나가느냐? 가라는 말은 하지 않았다. 너희 세 명 모두 덤비거라!"

하나 적무악은 그들을 놓아줄 생각이 없는지 계속해서 거세게 몰아쳤고, 장호유는 어쩔 수 없이 싸움에 가담했다.

"종남일검이라는 칭호가 아깝구나. 겨우 이 정도였더냐?"

과연 적무악은 대단했다.

장호유가 가세했음에도 겨우 수세를 면할 뿐이었지, 도무지 반격의 실마리를 찾지 못하고 있었다.

'강호의 소문은 근거없이 퍼지는 것만은 아니라더니 그 말이 사실이로구나.'

세간의 평대로 장호유는 적무악의 상대가 되지 못했다. 반수 정도가 아니라 몇 수는 족히 차이 나는 실력이었다.

불끈!

주먹에 힘이 들어갔다. 다시 한 번 적무악과 싸워보고 싶었다. 지금 적무악의 기세는 나와 겨루었을 때와는 또 다른 모습을 보이고 있었다. 그제야 나는 나와의 싸움에서 적무악이 전력을 다하지 않았음을 알 수 있었다.

'결국 사형의 말처럼 죽을 상황이 아니면 삼 푼 정도의 실력은 감춘다는 건가?'

무엇인가 속은 기분이었다.

나 역시 전력을 다한 것은 아니었지만 적어도 무공만을 보았을 때 가진 바 모든 것을 드러내었다.

"자, 이것도 어디 한번 받아보아라!"

어느 순간 기세를 올리던 적무악이 세차게 도를 휘둘렀다.

거센 파공음과 함께 적무악의 도가 날아들었고, 하나의 도와 세 개의 검이 부딪치며 충돌음이 터져 나왔다.

"우웩!"

"쿨, 쿨럭!"

화산파 무인 둘이 내동댕이쳐지며 나가떨어졌다. 장호유 역시 서너 발자국 물러선 후 한쪽 무릎을 꿇었다.

"퉤웩!"

적무악 역시 무사하지만은 않았다.

한차례 뱉은 가래침에 섞인 울혈이 그것을 말해주고 있었다. 그러나 다른 이들에 비한다면 부상이라고조차 할 수 없는 경미한 수준에 불과했다. 더욱이 적무악은 나와의 비무로 인해 적지 않은 내공을 소모한 연후였다.

"손에 사정을 두시지요."

다시 적무악이 움직이려 하자 나선 것은 면사여인이었다.

쐐애액—

어느 춤에 무기를 들었는지 면사여인은 연검(軟劍)을 휘두르며 적무악의 공세에 맞서갔다.

"우하하, 나 적무악이 오늘에서야 남해 보타암의 무공을 견식하게 되는구나."

적무악은 호쾌한 대소를 터뜨리며 공격에 박차를 가했다.

'보타암이라……'

놀랍게도 면사여인은 남해의 소림이라 불리는 보타암의 출신이었다.

그렇다면 면사여인은 다름 아닌 검향옥녀(劍香玉女)라 불리는 단옥경이 분명했다.

천하십삼대고수 중 일인인 검후의 제자로 당대 후기지수 중에서 열 손가락 안에 든다는 고수였다.

"차기 녹림 총채주로 지목되고 있는 적 대협께서 이런 짓을 한다면 어떤 결과를 초래할지 정녕 모르시는 것입니까? 화산과 종남, 그리고 저희 보타암과 전면전이 일어날 수도 있습니다."

단옥경은 적무악을 설득하기 위해 노력했다.

"개소리도 정도껏 해야 하지 않더냐? 먼저 손을 쓴 것이 누구인데 나에게 덤터기를 씌우려 하느냐?"

적무악이 기가 차다는 듯 헛웃음을 흘렸다.

능구렁이가 따로 없었다.

처음에만 하더라도 이번 일에 대해 모든 책임을 자신이 지겠다던 그가 아니었던가?

챙! 채채챙!

쾌속하면서도 부드러운 단옥경의 연검이 연신 적무악을 몰아쳤지만 그때마다 휘젓는 듯한 적무악의 일도에 검세가 흐트러져 버렸다. 장호유보다 오히려 나은 실력이라고는 하지만 그녀 역시 적무악의 상대는 아니었다.

'어쩔까나……'

나는 생각에 잠겼다.

이대로라면 단옥경은 반 각도 되지 않아 적무악의 도 아래 쓰러질 터이다.

나와 상관없는 사람들의 일이었지만 내 예감이 왠지 오늘 이 자리에서 피를 보아서는 안 된다 말하고 있었다.

예전부터 이상하게도 잘 들어맞았던 육감. 그것이 또 느껴지는 것이다. 누군가와 관련된 것인지까지는 알 수 없었지만 둘 중 하나는 분명했다.

결국 나는 마음을 정했다.

"이제 그만 하는 것이 어떻겠소?"

나는 손을 내뻗었다.

신전수의 기운이 은밀하면서도 빠르게 적무악을 향해 몰아쳤다.

이미 한차례 나와 겨루어본 적무악은 받아칠 생각을 하지 않고 다급히 신형을 물렸다.

"무슨 짓인가?"

적무악이 눈살을 찌푸리며 나를 바라보았다.

그렇다고 못마땅해하는 표정은 아니었다. 적무악은 그저 싸움을 멈추게 한 이유에 대해 궁금해하고 있을 뿐이었다.

일순간 장내의 시선이 나에게 쏠렸다.

대부분의 사람들이 내 존재감을 그다지 느끼지 못했기에 적지 않게 놀라는 듯한 모습이었다.

"이 일은 자네와 상관없는 일이네."

"관련이 있을지 없을지는 아직 모르잖소?"

"무슨 뜻인가?"

"그저 그렇다는 말이오."

"흠… 무슨 속셈인지 모르겠군. 자네는 분명 이 일이 끝날 때까지 기다려 준다고 하지 않았던가?"

"마음이 조금 바뀌었소."

"바뀌었다? 오호라? 우하하! 그렇군. 그런 것이었어."

내 대답을 들은 적무악의 시선이 단옥경에게로 향하더니 돌연 고개를 젖히고 대소를 터뜨렸다.

"그렇지. 이 적무악을 반하게 한 사내라면 과연 그런 모습을 갖추고 있어야겠지. 좋네. 오늘은 자네를 만난 기념으로 이쯤에서 넘어가도록 하겠네."

적무악의 대소는 그칠 줄을 몰랐다.

쯧, 아무래도 내 말이 쓸데없는 오해를 불러일으킨 듯싶었다.

"운이 좋구나."

적무악은 시선을 돌려 거친 숨을 몰아쉬는 단옥경을 바라보며 입을 열었다.

"오늘은 사정이 생겨 이쯤에서 그만 하도록 하겠다. 대신 두 가지 조건이 있다. 첫 번째, 내 의형에게 직접 찾아가 정식으로 사과하라는 것. 두 번째, 한 팔에 대한 보상으로 은 이천 냥을 지급하는 것. 이 조건들을 충족시키지 못하겠다면 너희들 모두 한 팔을 내어놓고 가야 할 것이다."

"잠시 생각할 시간을 주시지요."

단옥경은 혼자서 결정할 수 없다는 듯 동의를 구하기 위해 장호유에게 다가갔다.

"은 이천 냥은 과한 것 같습니다."

한참 동안 장호유와 이야기를 나누던 단옥경이 돌아와 조심스레 말을 꺼냈다.

기실 네 식구의 한 달 생활비가 은 넉 냥을 넘지 않는 상황에서 이천 냥이라면 상당한 금액이었다.

"그래? 그렇다면 너희는 모두 한 팔을 내어놓을 준비를 해라."

적무악은 가차없이 도를 치켜들었다.

"잠시만 제 말을 더 들어보시지요."

"타협은 없다."

"거래를 하자는 것이 아니라 사정을 부탁드리는 것입니다. 천 냥 정도라면 저희가 어떻게 해서든 마련해 보겠습니다. 아시다시피 최근 섬서 일대에 재난이 들어 화산과 종남에서는 여력이 없는 상황이 아닙니까?"

"좋다. 오늘 이 적무악이 크게 인심을 쓰도록 하지. 대신 이 약속을 지키지 않을 경우 차후 화산과 종남, 보타암은 표물에 관련된 모든 사업을 접어야 할 것이다."

"저희가 어찌 적 대협과 한 약속을 어기겠습니까?"

"한번 믿어보도록 하지."

적무악은 도를 거두고 발걸음을 돌렸다.

"이거 너무 오래 기다리게 했군. 가세나."

"그럽시다."

나는 적무악을 따라나섰다.

"설 소제, 한잔 들게."

적무악은 작은 항아리에 든 술을 따르며 말했다.

"내가 왜 당신의 소제요?"

"우하하, 역시 강호 초출답네."

적무악은 통상적으로 강호에서 어떤 경우에 소형제라는 말을 쓰는지 가르쳐 주었다.

"그럼 나는 적 형이라고 부르면 되겠구려. 적 형, 한잔 받으시오."

"푸하하, 그거 나쁘지 않군."

적무악은 무엇이 그리 즐거운지 대소를 터뜨리며 내가 권하는 잔을 받았다.

"대체 자네 사문이 어디인가?"

"술 한잔으로 너무 많은 것을 바라는 것이 아니오?"

나는 피식 웃으며 농으로 대꾸했다.

"알았네. 오늘 이 주루의 모든 술이 동이 날 때까지 마실 터이니 말해보거나."

"좋소, 좋아. 하면 말해주겠소. 천기문이라 하오."

"천기문이라……."

한차례 고개를 갸우뚱거린 적무악이 말을 이었다.

"거참, 이상하군."

"무어가 이상하다는 거요?"

"솔직히 말하자면 나는 자네의 무공에 대해 모르겠네. 천하에는 무수히 많은 무공이 산재해 있고, 아무리 내가 천하를 떠돌아다녔다고 한들 그것 모두를 알 수는 없는 노릇이니."

술 한잔을 거하게 들이켠 적무악이 말을 이었다.

"하지만 문파라면 다르지. 자네와 같은 무인을 쉬이 키워낼 수 있는 문파라면 한정되어 있으니. 한데 천기문이라는 이름은 내 오늘 처음 들어보았네."

"아까 적 형이 그러지 않았소? 강호가 곧 나를 알게 될 것이라고? 하면 본 문 역시 알게 될 것이오."

"우하하, 그렇군. 이거 내가 괜히 쓸데없는 것을 물어보았군."

"내 소개가 끝났으니 적 형 차례요."

"내 나이는 올해로 이립일세. 문파는 따로 없고, 한 분의 스승을 모셨네. 붕도(鵬刀) 상우추가 바로 그분이시지. 현재 녹림 총채주이신 담 어르신과는 막역지우(莫逆之友)이기도 하다네."

적무악과 나는 그렇게 서로에 대한 이야기를 나누면서 한참 동안 술을 주거니 받거니 들이켰다.

어느덧 해가 지고 동이 텄다.

해가 중천에 떠 있을 시간에 주루에 들어섰으니 반나절이 넘는 시간을 이곳에서 보낸 것이다.

"아쉽지만 나는 이제 가봐야 될 듯하오."

"벌써 말인가?"

"돌아가야 할 곳이 있소."

마음 같아서는 몇 날 며칠이라도 함께 술을 마시며 이야기를 나누고 싶었지만 그럴 수는 없었다.

"언제 다시 볼 수 있겠나?"

적무악은 무척이나 아쉬운 눈빛으로 나를 쳐다보았다.

"그리 오래 걸리지는 않을 것이오."

"마음 같아서는 붙잡고 싶지만 돌아가야 할 곳이 있다는데 어쩔 수 없군. 다만 한 가지만 약속해 주게."

"무엇을 말이오?"

"자네가 원하는 만큼의 성취를 이루고 강호에 나왔을 때 나를 찾아오게, 반드시. 약속하겠나?"

"물론이오."

나는 당연하다는 듯이 대답했다. 설령 그가 찾아오지 말라 말했을지라도 찾아갈 것이다.

비무!

지금의 나와 그때의 내가 다르듯 적무악 역시 변해 있을 것이다.

벌써부터 흥분감에 몸서리가 쳐졌다.

그때라면 적무악의 모든 실력을 볼 수 있을까? 능구렁이 같은 그의 성격상 최대한 감추려 할 것이다.

하나 감출 수 없게 만든다면……. 나도 모르게 내 얼굴에 슬며시 미소가 떠올랐다.

"가보겠소."

나는 배웅을 받으며 주루를 나섰다.

홀로 돌아오는 길은 무척이나 적적했다. 그래도 적무악라는
사내와 맺은 약속이 있기에 마음만은 더할 나위 없이 즐거웠
다.

疾風歌

회상(九)

사형과 정식으로 비무를 치르다

질풍가

사부의 투병 생활은 삼 개월째 계속되고 있었다.

언제부터인가 사부는 나와 사형이 병수발을 드는 것을 꺼려했다.

그로 인해 우리는 사부가 허락할 때에만 사부의 처소에 들어갈 수 있었다.

대체 무엇 때문일까?

나는 이해할 수 없었다.

사부가 급작스럽게 산을 내려간 이유에서부터 병마가 찾아오게 된 원인까지도.

절정을 넘어선 무인이라면 어지간해서는 잔병에 걸리지 않는다.

정심한 내공은 몸 안의 탁기를 몰아내고 외부에서 들어오는 해로운 기운을 차단한다.

허공섭물. 그리고 이형환위.

천하에서 손꼽히는 이들이 아니고서야 펼칠 시도조차 해볼 수 없는 무공들.

그런 무공을 펼칠 수 있다는 것은 사부의 내공이 등봉조극(登峰造極)의 경지에 이르렀다는 것을 의미한다.

무엇인가 사부의 몸에 문제가 생긴 것이 틀림없었다. 그렇지 않고서야 이런 현상이 생길 리가 없었다. 정확한 사실을 알지 못한다는 것은 실로 답답한 일이었다.

답답한 것은 그것뿐만이 아니었다.

무공 수련에 진척이 없다는 것 역시 나를 힘들게 했다.

사부에게 병마가 찾아오면서부터 나는 사형에게 무공에 관한 것들을 배우기 시작했다.

사형은 오히려 사부보다 더 세심히 가르쳐 주었다.

그러나 나는 사부에게 무공을 배우던 그 순간들을 잊을 수 없었다.

어쩌면 더 이상 그런 순간들이 오지 않을 것이라는 것을 본능적으로 느끼고 있었기에 더욱 그랬는지도 몰랐다.

"그래, 그동안 성과는 있었느냐?"

"아직입니다."

"흐음……."

사형은 깊은 한숨을 내쉬었다.

진척이 없다는 것.

그것은 무인에게 그다지 좋지 않은 현상이었다.

넘어야 할 벽을 만났다는 것은 무인으로서 당연한 일이었지만 아직 나에게는 일어나지 말았어야 하는 현상이기도 했다.

"술법은?"

"진척이 있었습니다."

"다행이구나."

무공과는 달리 술법에는 어느 정도 성과가 있었다.

월혼류를 비롯해서 신목술, 육조령.

본 문의 비기라 할 수 있는 술법들을 대부분 익혔고, 이제 몇 가지 술법만을 남겨둔 상태였다.

"사형, 묻고 싶은 것이 있습니다."

"무엇이냐?"

"사부의 상태는……?"

"너무 걱정하지 말거라. 신의께서 오셨으니 곧 나아지실 것이다."

어젯밤 눈보라를 헤치고 산으로 올라온 노인은 흰 수염을 길게 기른 의원이었다.

백초신의(百草神醫).

사형의 말에 따르면 삼대신의 중 한 명으로 천하에서 그 의술을 따를 자가 없다는 이였다.

그러나 사부의 병은 의원이 온다고 해서 해결될 그런 문제가 아니었다. 적어도 나는 본능적으로 그러한 사실을 느끼고 있었다.

그래도 명색이 삼대신의 중 한 명인 것일까?

새벽녘 조심스레 들여다본 사부의 안색은 이전보다 한결 나아진 모습이었다.

기이한 것은 이런 궁벽한 곳까지 삼대신의 중 한 명으로 불리는 백초신의가 찾아왔다는 사실이다.

"사형, 사부는……."

"어떠냐, 날도 좋은데 한바탕 어울려 보는 것이?"

고의적인 것인지 그렇지 않은 것인지는 모르겠지만 사형이 내 말을 끊었다.

"무슨 말씀입니까?"

"비무나 한번 하자는 것이다."

"……."

나는 조금은 뜻밖이라는 표정으로 사형을 바라보았다.

내가 술법을 본격적으로 배우기 시작한 이래 사형은 나와 비무를 하려 하지 않았다. 사형은 무도를 추구하는 무인이었고, 술법을 주로 익힌 나와는 맞지 않았다.

"술법을 사용해도 좋다."

"아닙니다."

나는 고개를 저었다.

사형과 비무를 한다는 것 자체가 나에게는 긴장되고 두근거리는 일이었다.

"정식 비무라고 생각하거라. 술법을 사용하지 않고는 힘들 것이다."

"……"

나는 조금은 놀란 눈빛으로 사형을 바라보았다.

사형은 빈말을 하지 않는다. 그것은 사형의 무공이 또 다른 경지에 이르렀다는 것을 의미하는 것이다.

가슴이 심하게 떨려왔다. 사형은 벌써 수년 전에 녹림십객 중 두 명과 겨루면서도 우위를 차지할 정도로 강한 무인이었다.

비록 그들이 녹림십객 중 무공이 약한 편이라고는 하지만 중원 전체에 걸쳐 세력을 형성하고 있는 녹림에서도 손꼽힐 정도로 강한 무인들이었다.

그런 사형이 자신있게 말하고 있었다.

어느 정도일까?

궁금증이 목까지 치밀어 올랐다. 사형의 또 다른 경지를 보고 싶었다. 그러나 지금 내 실력으로는 술법을 사용하지 않는다면 사형의 실력을 전부 끌어낼 수 없었다.

"위험하다 생각되면 사용하겠습니다."

"그렇게 하거라."

사형과 나는 널찍한 공터에 자리를 잡았다.

"오너라."

사형이 기세를 일으켰다.

기의 파동이 사형을 중심으로 반경 이 장여에 거세게 몰아쳤다.

주변의 공간을 장악하는 힘. 그것은 무경의 경지에 이른 무인들만이 보여줄 수 있는 능력이었다.

'이건······.'

나는 가슴이 철렁 내려앉았다.

설마 하는 마음은 있었지만 정말로 사형이 무경의 경지에 이르렀을 것이라고는 생각지 못했다.

고금을 통틀어 그 나이에 무경의 경지에 이른 이가 몇이나 되겠는가?

"어떠하냐? 더 높은 경지를 경험해 보고 싶더냐? 그렇다면 어디 한번 이끌어내 보거라."

명백한 도발. 그러나 실력이 있기에 그것은 도발이 아니라 자신감이라 할 수 있었다.

저 공간 안에서는 그 누구도 사형을 어찌할 수 없을 터이다.

우선적으로 저 공간을 무너뜨려야 했다. 그 물꼬를 트는 것은 유영비가 될 터이다.

"가겠습니다."

나는 가볍게 포권을 하고 곧장 사형을 향해 신형을 날렸다.

스스슥—

내 신형이 잔영을 남기며 쇄도해 들었다.

쾌속하면서도 물이 흐르듯 부드럽게, 그리고 또한 은밀하게. 유영비와 어우러진 신전수는 절묘한 조합을 이루고 있었다.

"좋구나, 좋아. 과연 신법 하나만큼은 인정하지 않을 수가 없구나."

사형이 나직한 감탄성을 터뜨렸다.

그와 동시에 사형의 검에서 한줄기 부드러우면서도 날카로운 기운이 흘러나오며 내 공격을 무력화시켰다.

의기상인(意氣傷人)의 경지.

단순히 생각을 하는 것만으로도 사형의 검에서 일어난 기세가 내 공격을 와해한 것이다. 너무나 수월히 공세가 차단되었지만 나는 개의치 않고 재차 공격을 감행했다.

그러나 사형은 마치 단단한 철옹성을 보는 듯 좀처럼 틈을 내주지 않았다.

"그러나 신법만으로는 한계가 있게 마련이다."

사형이 검을 곧추세웠다.

그러자 검세에서 흘러나오는 기운이 나에게 집중되며 몸을 움직이기가 여의치 않았다.

쿵―

나는 한차례 진각을 뻗어내며 몸을 날렸다.

이 정도로 나를 묶을 수 있다고?

그렇지 않았다. 본 문의 최고 무공은 신전수도, 단천구검도 아닌 바로 유영비였다.

상승의 절학.

그만한 가치가 있지 않다면 얻을 수 없는 칭호였다.

일장박투가 벌어졌다.

파공음이 터져 나오는 격렬한 그런 싸움은 아니었지만 그 긴장감만큼은 더하면 더했지 덜하지는 않았다.

"후욱후욱!"

어느 순간부터 숨이 빠르게 가빠오기 시작했다.

고작해야 이각 남짓한 겨룸이었지만 그것은 그만큼 싸움이 치열했다는 것을 의미하고 있었다.

"아직 완급의 조절이 서투르구나."

"걱정하지 마십시오. 아직은 충분합니다."

나는 애써 태연한 척하며 오히려 공세의 강도를 높였다.

여기서 물러서는 모습을 보인다면 사형의 검은 그 틈을 놓치지 않고 나를 위협할 터이다.

이대로 물러날 생각은 없었다. 지금 비무를 끝낸다면 사형의 또 다른 경지를 볼 수 없지 않은가?

"사형, 조심하십시오."

내 목소리가 기이하게 변했다.

그것은 내가 술법을 사용하려 마음먹었을 때 나오는 버릇 중 한 가지였다.

"놈, 아직도 그 버릇을 고치지 못했구나."

사형이 눈살을 찌푸렸다.

무인에게 버릇이 있다는 것은 무척이나 위험한 일이었다.

그러나 나는 크게 신경 쓰지 않았다. 그 정도야 부담이 되지 않는다는 자신감이었다.

"이 정도는 괜찮습니다."

"자신감이 있는 것은 좋으나 과한 것은 좋지 않다."

"과하다고 생각하지는 않습니다."

"놈, 좋다. 오늘 내가 그 자신감을 무너뜨려 주마."

사형이 눈빛이 달라졌다.

너무 도발한 것인가?

나는 사형이 진심으로 나와 겨룰 생각을 한다는 것을 느낄 수 있었다.

'어렵게 되었군.'

사형의 무공은 분명 나보다 위였다.

더욱이 술법의 위력이 극대화되는 것은 어느 정도 준비가 되었을 때의 일이다. 지금처럼 예기치 않은 상황에서 일어나는 비무에 대해서는 다소 취약한 것도 사실이었다.

'그러나……'

나는 천기심공을 운기하여 중단전을 개방했다.

심법이라고는 하지만 일반적인 무공을 익히는 내공 심법과는 달랐다.

기감을 익히고 중단전을 중심으로 신체를 개방한다.

쌓는 것이 아니라 느끼는 것이다.

이것이 천기심공을 이루어가는 요체였다.

"가겠습니다."

나는 이 상황에 가장 유용할 만한 술법을 펼쳤다.

신목술(神木術).

그것은 주변의 나무를 이용해 펼치는 술법이었다.

덮인 눈 아래 잠자고 있던 나무의 정기가 느껴졌다. 겨울이라 하지만 고산 지대의 나무는 이런 추위에도 힘을 비축하고 있었다.

우수수수―

나무를 뒤덮고 있던 눈이 바람에 휘날리며 사형에게 향했다.

"신목술!"

사형의 입에서 나지막한 탄성이 흘러나왔다.

"자신감을 가질 만하다. 그러나 과한 것 역시 사실이다."

사형의 한차례 검을 휘둘렀다.

그러자 사형에게 날아들던 눈보라가 씻은 듯이 사라졌다.

하나, 그것이 전부가 아니었다.

이번에는 수많은 나뭇가지가 쭉 늘어나며 매섭게 사형을 향해 날아들었다.

나뭇가지들은 허상이었지만 그 공격만큼은 허상이 아니었다.

허상이되 허상이 아닌 것. 그것이 바로 신목술의 무서운 점이기도 하였다.

"어줍지 않다."

사형이 눈을 감았다.

그와 동시에 사형의 검에서는 광채가 흘러나왔다.

언제나 보는 것이지만 사형의 검기는 이채로웠다.

투명하면서도 새하얀 검기. 그것은 마치 한 폭의 그림을 보는 것과도 같았다.

좌르르르—

사방에서 쇄도하던 나뭇가지들이 힘없이 잘려 나갔다.

그러나 잘려진 나뭇가지 끝에서 또다시 나뭇가지가 생겨나고 생겨난 나뭇가지들은 재차 사형을 공격해 들어갔다. 그것은 마치 아득한 고대에 존재했다고 전해지는 식인목과도 흡사한 모습이었다.

"시간만 끌 셈이더냐?"

누가 보더라도 위급한 상황이건만 사형은 너무나도 여유있는 모습으로 느긋하게 나뭇가지들을 베어갔다.

만약 신목술을 모르는 이였다면 저와 같은 모습을 보이지는 못하였으리라.

신목술을 펼치는 데에는 내공 역시 적지 않게 소모되었다. 상대에게 물리적인 타격을 줄 수 있는 술법들은 대부분 그런 식으로 내공 역시 필요로 했다.

'어쩔 수 없군.'

다소 무리가 있더라도 나는 두 가지 술법을 동시에 펼치기로 마음먹었다.

내가 신목술과 함께 펼치기로 마음먹은 것은 육조령이었다.

본 문의 비기라 할 수 있는 천원이분술을 펼칠 수 없는 상황이었기에 어쩔 수 없는 선택이었다.

눈발이 날리는 상황에서 천원이분술을 펼치는 것은 내공과 기감만 소모하는 일이었다.

내가 육조령을 펼치려 하자, 일순간 사형의 얼굴에 감탄의 기색이 스치고 지나갔다. 상승의 술법 두 가지를 동시에 펼치는 것은 결코 쉬운 일이 아니었다.

"허허, 젊어서 그런지 힘이 넘치는군."

그 순간 등 뒤에서 누군가의 목소리가 들려왔다.

누구일까?

나는 본능적으로 돌렸다.

목소리가 들려온 곳에서는 흰 수염을 기른 노인이 올라오고 있었다. 백초신의 바로 그였다.

'무공을 익히고 있었나?'

아무리 사형과 격렬하게 비무를 벌이고 있었다지만 불과 이십여 장도 되지 않은 거리였다. 그것은 백초신의가 상당한 수준의 무공을 익히고 있었다는 사실을 의미하고 있었다.

아직 사형의 모든 것을 보지 못했기에 내심 아쉬웠지만 어쩔 수 없이 비무를 멈추어야 했다.

"어서 오십시오."

사형이 백초신의를 향해 공손히 고개를 숙였다.

"이곳까지 어쩐 일이십니까?"

"허허, 이만 떠날까 해서 왔다네."

"벌써 말씀이십니까?"

사형이 놀란 표정으로 반문했다.

그렇지 않아도 어렵게 초빙한 백초신의였다. 그가 벌써 떠난다니 당황스럽지 않을 수 없었다.

"그렇다네. 이제 내가 할 일은 다 한 듯싶네."

"그러나……."

"자네 마음을 모르는 것은 아니네. 그러나 만남이 있다면 헤어짐도 있는 법, 너무 아쉬워하지 말게나."

"휴우!"

사형이 깊은 한숨을 토했다. 그 한숨 속에는 수많은 감정이 교차되어 있었다.

"그보다 내 자네에게 따로 할 말이 있다네."

"다른 누구도 아닌 제 사제입니다. 이곳에서 말씀하셔도 상관없습니다."

"허허, 모르는 것은 아닐세. 그저 자네에게 할 말이 있을 뿐이니 잠시 보세나."

백초신의가 너털웃음을 지으며 먼저 걸음을 옮기자 사형이 어쩔 수 없다는 듯 신의를 따라 한적한 곳으로 걸어갔다.

무려 일각이 넘는 시간 동안 백초신의와 사형을 말을 주고받았다. 이야기를 하는 동안 사형의 표정은 수시로 변했다. 마침내 이야기가 끝나고 백초신의와 사형이 나에게 다가왔다.

"자네가 이 친구의 사제라지?"

"그렇습니다."

"만나서 반갑네. 역초량이라고 한다네. 강호인들이 백초라고 부르기도 하지."

"설무위라 합니다."

"눈빛이 좋군."

백초신의.

제아무리 뛰어난 사람이라고 해도 두 가지 방면에서 모두 뛰어날 수는 없었다.

그런 면에서 백초신의는 내 예상을 뛰어넘었다.

그의 눈빛에서 내가 읽을 수 있는 것은 그의 무공이 적어도 초절정의 초입에 이르렀다는 것이다.

그러나 엄연히 한계는 존재했다.

그의 무공은 단순히 거기까지일 뿐이었다. 그 정도의 수준으로는 지금의 나조차 감당할 수 없었다. 지나친 자신감이라도 할지도 모르겠지만 이미 나는 그 정도의 실력에 도달해 있었다.

구파일방, 오대세가, 마도육문.

수백여 년의 전통과 그만한 자부심을 지닐 수 있는 문파들. 전통과 실력은 그들만 지니고 있는 것이 아니었다. 본 문 역시 그에 조금도 처지지 않았다.

"신의께서 무공을 익히고 있다고는 생각지 못했습니다."

"허허……."

백초신의는 너털웃음을 흘렸다.

"자네는 강호에 뜻이 있나?"

"……."

나는 대답을 하지 않았다.

어째서 이런 질문을 하는 것일까?

비록 사형이 그를 초빙하고 사부의 상세를 살펴주는 빚을 졌다고는 하지만 그렇다고 해서 나와 개인적으로 관계가 있는 것은 아니었다.

"허허, 별다른 뜻이 있어서 물어본 것은 아니니 너무 신경 쓰지 말게나. 어찌 되었거나 자네 사형제가 강호에 나오는 날 한차례 평지풍파가 일겠구먼. 그럼 다음에 보세나."

백초신의는 배웅을 하겠다는 것을 사양하고 홀로 산을 내려 갔다.

"무위야."

백초신의의 신형이 멀어져 가자 사형이 나를 불렀다.

"네, 사형."

"아쉬워하지 말거라."

"……."

나는 아무런 말도 하지 못했다. 사형이 말하는 바가 무엇인 지를 너무나도 잘 알고 있었기에…….

"하지만……."

"나는 언제나 네가 웃었으면 좋겠다."

사형이 희미하게 웃으며 말했다.

사형은 언제나 내가 웃는 것을 보기 좋아했다. 그것은 사부 역시 마찬가지였다.

"오늘 비무에서 너는 나에게 패했다. 그 사실을 인정하느 냐?"

"인정합니다."

승패가 결정난 것은 아니었지만 시간이 흐른다면 종국에 가서 패하는 것은 내가 되었을 터이다.

애초부터 두 가지 술법을 동시에 사용했더라면 혹시라도 가능성이 있을지 모르겠지만 이미 나는 적지 않은 내공과 기감을 소모한 상태였다.

"나는 네가 본 문의 술법을 대성하는 것을 보고 싶다. 너라면 가능할 것이기에."

사형은 내 두 눈을 직시했다.

그 시선 속에는 나라면 할 수 있을 것이라는 믿음이 들어 있었고, 나는 그 시선을 피하지 않았다.

그렇게 나의 짧지만 긴 일 개월의 폐관 수련이 시작되었다.

기련산에는 수많은 동굴이 존재한다.

종유석이 촘촘히 늘어서 있는 동굴, 산짐승이 머물고 있는 동굴, 그 끝을 알 수 없을 정도로 길게 뻗어 있는 미로 같은 동굴…….

그중 내가 폐관 수련을 위해 선택한 동굴은 박쥐가 서식을 이루고 있는 동굴이었다.

본시 폐관 수련 시에는 누구의 방해도 받지 않기 위해 한적한 곳을 택하게 마련이었다.

하나, 나는 그와는 다르게 부산스러운 곳을 택했다.

어떤 방해가 있더라도 할 수 있다는 것, 나는 그 사실을 보여주고 싶었다.

폐관 수련은 힘이 들었다. 그것은 마음의 부담이 있었기에 더했는지도 모르겠다. 내가 폐관 수련에 들어간다는 말을 꺼내자 오랜만에 사부가 미소를 지었다.

어느덧 폐관 수련에 든 지 보름. 나는 조금씩 다급해지기 시작했다.

뛰어넘으리라.

그토록 다짐했던 그 말은 어느덧 나에게 있어 발목을 잡는 족쇄가 되고 있었다.

초조해지기 시작했다. 사부의 병세는 깊어져만 갔고, 어쩌면 사부를 다시는 보지 못할 수도 있다는 불안감이 나를 더 초조하게 만드는 것인지도 몰랐다.

"후욱후욱!"

가쁜 숨이 차올랐다.

허기, 그리고 혼미함. 벌써 잠을 자지 않은 지 나흘이 되었다. 제아무리 운공으로 버틴다고 하더라도 한계가 있게 마련이다.

더구나 무리한 무공 연마로 인해 내공과 체력은 떨어질 대로 떨어져 있는 상황이었다.

식사는 오로지 벽곡단으로만 해결했다. 그것도 일주일 전부터는 입에 대지도 않고 있었다. 어느 순간부터 정신은 흐릿해지기 시작했고, 비몽사몽간에 내 몸은 내 의지를 따르지 않았다.

얼마나 시간이 흘렀을까?

문득 정신이 들었을 때 내가 동굴 한구석에 쓰러져 있다는 사실을 느낄 수 있었다.

괴로웠다. 내 몸이 내 몸이 아닌 것만 같은 기분. 그러나 결코 예전에 느꼈던 그런 기분 좋은 감각이 아니었다.

누군가 이 고통을 해결해 주었으면…….

사형은 왜 도와주지 않는가? 왜 내가 이리도 힘든데 도와주러 오지 않는 것인가?

이대로 죽는 것일까?

저 앞에 갈증을 해결할 수 있는 식수와 벽곡단이 있었지만 그곳까지 갈 힘조차 없었다.

'사부, 사형…….'

살고 싶었다. 어떻게 해서든 이곳을 빠져나가 사부와 사형을 보고 싶었고 웃고 떠들고 싶었다.

나는 기었다. 바닥에 긁혀 피가 나고 긁힌 곳이 다시 긁히자 살이 짓뭉개졌다. 그럼에도 나는 끊임없이 기어갔다. 한 모금의 물이라도 마실 수 있다면 이곳에서 벗어날 수 있겠다는 생각만이 머릿속을 지배했다.

살아야 한다는 의지.

그것이 내 몸을 계속해서 움직이게 만든 것이다.

그러던 순간 내 머릿속에 떠오른 것은 폐관 수련에 들어간다던 나를 보고 미소를 짓던 사부의 얼굴이었다. 내가 이대로 나간다면 사부는 어떠한 표정을 지을 것인가?

'나는…….'

이를 악물었다. 그렇지 않아도 몸과 마음이 지쳐 있는 사부였다. 이대로 실망을 안겨주기 싫었다. 사부의 미소를 다시 한번 보고 싶었다.

할 수 있다. 나라면 할 수 있다. 나는 꿈틀거리며 몸을 일으켜 세웠다.

한 줌의 진기.

그것만 있다면 운공을 할 수 있었다.

내 집념에 백기를 들었음인가?

전신 세맥에 숨죽이고 있던 진기들이 서서히 단전으로 모이기 시작했다. 소주천, 대주천을 거친 내 몸은 활화산처럼 타올랐다.

불현듯 운기를 하는 고통 속에서 천장에 있는 물방울이 고여 떨어져 내리는 것이 눈에 들어왔다. 다른 곳과는 달리 그곳은 움푹 꺼져 있었다.

그것은 시간의 흔적이었다.

저 미약한 물방울이 저런 흔적을 만들어내기 위해서는 얼마나 걸렸을까?

그 순간 무엇인가가 내 뇌리 속을 스치고 지나갔다.

그렇다. 나는 지금까지 너무 쉽게 생각해 왔다. 무공이나 술법 그 모두를.

내가 최선을 다했다고 한다지만 다른 이가 보기에는 재능 있는 자의 나태함에 불과할 수도 있었다. 지금 나를 가로막고 있는 것은 벽이 아니라 내 노력의 한계였다.

"하하, 하하하!"

대소가 절로 터져 나왔다.

나는 느낄 수 있었다. 이제 내가 또 다른 성취를 이룰 것이라는 사실을.

나는 마침내 벽 아닌 벽을 넘어선 것이다.

*　　　*　　　*

똑… 똑…….

천장에서 물이 떨어져 내렸다.

설무위가 폐관 수련을 마치고 떠난 동굴 벽면에서 누군가 모습을 드러냈다.

"허허. 녀석, 걱정했건만 기우에 불과했구나."

부평초는 나지막한 목소리로 너털웃음을 흘렸다.

"이만 돌아가시지요."

벽면에서는 한 인영이 더 모습을 드러냈다. 그는 다름 아닌 한운천이었다.

"무리하신 듯싶습니다."

"이 정도는 아직 괜찮다."

"그래도…….."

한운천이 걱정스런 표정으로 부평초를 바라보았다.

"쿨럭, 네 녀석답지 않게 말이 많아졌구나."

"죄송합니다."

"네 녀석도 따라잡히지 않으려면 정신을 바짝 차려야 할 것이다."

"따라잡힌들 어떻겠습니까? 다름 아닌 제 사제인 것을요."

"쯧쯧, 네 녀석은 너무 경쟁심이 없다."

부평초가 한차례 혀를 찼다.

단단하게 가로막고 있던 벽을 깨뜨린 이상 그의 제자는 더 한층 발전하게 되리라.

술법에 있어서는 그조차 따라가지 못할 재능을 지닌 제자였다. 아마도 십 년이 지나기 전에 천하는 환제 위천립 이후 유래없는 술법의 부흥기를 맞이하게 될 터이다.

"운천아."

"예, 스승님."

"너에게는 미안할 뿐이다."

"아닙니다. 원래 제가 해야 할 일이 아니었습니까?"

"녀석만은 이 일에서 자유롭게 해주고 싶구나."

"모든 것은 제가 책임지겠습니다."

한운천은 걱정하지 말라는 듯이 자신있게 웃으며 대답했다.

그 미소를 본 부평초의 얼굴에 진한 아쉬움이 깃들었다. 자신만 아니었다면 천고의 기재인 두 제자는 강호를 활보하며 자유롭게 살아갈 수 있었을 것이다.

"너 혼자 힘으로는 벅찰지 몰라 내가 따로 준비해 놓은 것이 있다."

"어느 곳입니까?"

"강호인들이 일심회라고 부르더구나."

"마음에 드는 이름이군요."

"어느 정도는 도움이 될 터이니 신물을 가지고 찾아가 보거라. 그때 그런 선택을 하는 것이 아니었는데… 이제 와서야 후회가 되는구나."

"당시에는 스승님의 선택이 옳으셨습니다. 그것은 누구도 부인하지 못하는 사실입니다. 감히 그 일에 대해 불만을 가진 이가 있다면 제가 용서치 않을 것입니다."

한운천이 기세를 드러내었다.

그것은 장내를 뒤덮을 가공할 만한 무위였다.

천하에 한운천을 상대로 승리를 자신할 무인은 몇 되지 않으리라.

아니, 어쩌면 그 몇조차 없을지도 몰랐다. 그것이 바로 무경의 경지에 이른 무인, 한운천의 진정한 모습이었다.

"대사형은 제가 막겠습니다."

"이미 제천회는 천하를 제패할 준비를 끝내놓았을 것이다. 내 죄가 크지."

"삼 년이면 충분합니다. 녀석이 강호에 나오기 전에 모든 일을 마무리 짓도록 하겠습니다."

"욕심 부리지 말아라. 어차피 삼년상 이외에도 한 가지 제약을 더 걸어놓았으니 모든 일이 밝혀지기 전에는 섣불리 움직이지 못할 것이다."

"위명이라… 녀석이 순순히 응할지 모르겠습니다."

한운천이 씁쓸한 미소를 머금었다.

"녀석의 성정으로 보아 사문을 떠나지는 않을 것이다. 그러니 너무 걱정하지 말거라."

부평초가 긴 한숨을 내쉬며 말을 이었다.

"이제 시간이 얼마 남지 않은 것 같다."

"스승님……."

한운천의 눈에 물기가 어렸다.

이미 백여 세에 이르는 부평초의 나이라면 무덤에 들어가도 이상할 것이 없건만 그래도 아쉬운 것만은 어쩔 수 없었다.

그에게 있어 스승인 부평초는 모든 것이라 해도 과언이 아니었다. 천양절맥이라는 천형으로 죽을 운명인 것을 구해준 것도 사부이오, 그로 인해 부평초는 상당한 희생을 치러야만 했다.

"가자, 녀석이 이상하게 생각할 수도 있다."

"제가 모시겠습니다."

한운천은 조심스럽게 부평초를 부축하여 동굴 밖으로 걸음을 옮겼다.

疾風歌

회상(十)

삼년상을 치르다

질풍가

1403. 영락(永樂) 이년.
영락제, 북평을 북경으로 개칭.
측근이었던 환관을 중용하는 정책을 펼침.

한차례 거센 폭풍이 대지를 휩쓸고 지나갔다. 폭풍이 몰아
친 곳에는 풀 한 포기조차 남지 않았고, 마치 사막과 같은 깊은
적막감만이 맴돌았다.

시간은 유수와 같이 흐른다 했던가? 어느덧 해가 지나고, 메
마른 대지에 새싹이 솟아오르기 시작했다. 바야흐로 새로운
시대가 열린 것이다.

결국 육 개월간의 투병 끝에 사부는 돌아오지 못할 강을 건
넜다.

사형은 문주 자리를 넘기고 산을 내려갔고, 나는 삼년상을
홀로 치러야만 했다.

"사부……."

어느덧 잡풀이 돋기 시작하는 사부의 묘와 비석을 보며 나
는 처음으로 눈물을 흘렸다.

주르륵…….

눈물은 쉬이 멈추지 않았다.

흐르고 또 흐르고…….

"눈물을 흘리는 것은 이번이 마지막이 될 것입니다."

나는 사부의 무덤을 아련한 눈빛으로 바라보았다. 사부는
나에게 있어 부모님과 다를 바 없는 분이셨다.

"삼년상은 치러 드리겠습니다. 뭐, 사부가 좋아서는 아닙니
다. 완벽하지 않은 술법과 무공을 가다듬을 겸 있겠다는 거지
요."

나는 삼년상을 치르는 것이 사부가 좋아서라 아니라, 아직
은 부족한 수련 때문이라 애써 변명했다.

"아참, 그러고 보니 사부가 유언 말고도 나에게 부탁한 것이
있었지요?"

품속을 뒤적거려 한 장의 초상화를 꺼내 들었다.

초상화에 그려져 있는 것은 담비로 만든 가죽옷을 입은 빙
설(氷雪) 같은 여인이었다.

"북리신원(北里信媛)……."

나는 천천히 그녀의 이름을 중얼거렸다.

"어째서 사형이 아닌 저를 선택한 것인지 모르겠습니다. 빙궁이라면 사형이 적지 않은 시간 동안 머물렀던 곳인데……."

나는 이해할 수 없다는 표정으로 사부의 무덤을 바라보았다.

병마가 깊어지기 전 사부는 나에게 그녀와의 혼약을 언급했다. 서로가 원하지 않는다면 파기해도 좋다는 조건이었지만 그 사실만으로도 나에게는 적지 않은 부담이 되었다.

"그렇다고 너무 기대는 하지 마십시오. 제가 부족하다고는 생각하지 않지만 저를 마음에 들어할지 그렇지 않을지는 저도 모르는 일이니까요."

빙궁이라면 수백여 년간 북해를 다스린 패자.

그렇다고 해서 내가 부족하다는 생각이 든 것은 아니었다. 단지 그들이 원하는 조건이 나와 맞지 않을지도 모른다는 염려 때문이었다.

"이제 삼대비술 중 두 가지만이 남았습니다. 옆에서 지켜봐 주십시오. 제가 그것을 익혀가는 과정을요."

나는 마지막으로 사부의 무덤을 한 번 본 뒤 잠을 청하기 위해 움막으로 들어갔다.

삼년상을 치르며 내 무공은 비약적인 발전을 이루고 있었다.

무공을 익히기 시작한 이래로 이토록 큰 성취를 보인 것은 처음이라 자신할 정도였다.

혼자라는 외로움.

그것이 나를 무공에 집착하게 만든 것이다.

그중에서도 내가 가장 많은 시간을 투자한 것은 삼대비술과 신전수였다.

"신전수 제일식 일진광풍(一陣狂風)!"

내 손에서 거센 회오리바람이 뿜어져 나왔다.

콰콰쾅—!

작은 원을 그리며 시작한 회오리바람은 어느새 폭풍이 되어 주위를 폐허로 만들고 있었다.

신전수의 기수식이라 할 수 있는 일초식은 적에게 위협을 주기 위해 만들어진 듯하였지만 실상은 운기를 하지 않고도 극히 적은 양의 진기로 운용할 수 있도록 만들어진 초식이었다.

신전수는 정해져 있는 틀에 구애를 받는 그런 무공은 아니었지만 그렇다고 해서 틀이 전혀 없는 것도 아니었다. 다만 정해져 있는 틀보다는 그 상황에 맞게 변화를 많이 요구하는 무공이었고, 그래서 더욱 익히기가 힘든 무공인지도 몰랐다.

단천구검이 위력이 더 강한 것은 사실이지만 그렇다고 해서 신전수보다 익히기가 어렵다고 단언할 수 있는 것도 아니었다.

"신전수 제이식 광풍노도(狂風怒濤)!"

광풍노도의 초식은 기본적으로 일초식과 그 궤도를 같이한다. 형태가 같다는 것이 아니라 응용되는 변화가 비슷하다는 뜻이다.

정확히 기억은 나지 않지만, 언제부터인가 나는 박투의 경지를 뛰어넘어 내가중수법이나 격공장의 경지에 올라서 있었다.

그러한 무공들은 내공의 소모가 극심하기에 연이어 사용할 수는 없지만 펼칠 수 있다는 사실만으로 그 위력과 효용성만큼은 충분했다.

이 초식의 장점은 적들에게 둘러싸여 있을 때 그 효용이 극대화된다는 데에 있었다.

쿠앙—

한줄기 기운이 사방으로 분산되며 주위를 초토화시켰다.

그 위력은 만족스러웠지만 마음에 드는 초식은 아니었다. 적에게 둘러싸여 있다면 몸을 빼면 그만이지 무엇 때문에 구태여 내공을 낭비한단 말인가?

정당한 개인의 대결이라면 모를까, 다수의 상대와 부딪칠 만큼 막힌 내가 아니었다. 물론 피치 못할 상황이 있을 수도 있었기에 수련하는 것을 게을리 하지 않았다.

"신전수 제삼식 광풍만파(狂風萬波)!"

한줄기 기합성과 함께 미친 듯한 광풍이 일었다. 내 손끝에서 시작된 광풍은 마치 파도가 겹겹이 몰아치듯 뻗어나가며 목표로 삼은 나무 기둥을 후려쳤다.

우지직—!

무려 십여 장에 가까운 길이의 나무가 수십 동강이 나며 쓰러졌다.

종종 수비의 초식으로 사용되기도 하는 광풍만파의 초식은 한 방향에서 다수의 적이 공격해 오는 상황에서도 유용하게 사용되었다.

"신전수 제사식 신전무형(神電無形)!"

휘리릭—

내 손이 바람결을 따라 부드럽게 움직였다.

신전수는 크게 전 삼식과 후 사식으로 나누어져 있다. 그렇게 구분하게 된 데에는 그 형태의 특성 때문이었다.

신전이라는 의미에는 귀신처럼 은밀하고 뇌전처럼 빠르게 적을 공격한다는 뜻이 담겨져 있었다. 그러나 전 삼식만을 보자면 그 의미가 퇴색되었다. 차라리 광풍수(狂風手)라는 이름이 어울릴 정도였다.

하나, 후 사식을 본다면 어째서 신전수라는 이름이 붙었는지를 알 수 있었다.

쾌쾅!

돌연 나에게서 무려 삼 장이나 떨어져 있던 바위가 흔적도 없이 박살이 나며 파편 조각이 우수수 떨어졌다.

형체도, 그리고 기척도 없었다. 느낄 수 있는 것이라고는 오직 아지랑이 같은 흐느낌뿐.

무형(無形)의 원리를 가지고 있는 초식, 어느 상황에서든 사용할 수 있는 초식으로 가장 마음에 드는 초식이기도 하였다.

"신전수 제오식 신전료종(神電燎從)!"

내 손에서 흘러나온 한줄기 음유한 기운이 바람결을 거스르며 뻗어나가 나무 기둥 사이를 헤집고 돌아다녔다. 그렇게 흘러나간 기운은 사오 장은 족히 떨어져 있는 한 나무를 가격했다.

이기어검(以氣馭劍).

제사초식이 무형의 원리를 지니고 있다면 제오초식은 이기어검의 원리를 접목시켜 만든 초식이었다.

한 번 발출시킨 기를 인위적으로 조정할 수 있다는 것은 결코 쉬운 일이 아니었다. 하나 본 문의 조사님들은 각고의 노력 끝에 위력은 떨어지지만 그렇게 할 수 있는 방법을 강구해 내었고, 그것이 곧 신전료종의 초식이 되었다.

무경의 경지에 이른 무인들조차 한층 더 깊은 깨우침이 없다면 펼칠 수 없다는 이기어검의 경지를 다른 방식으로 구현해 낸 것이다.

이러한 초식은 엄중한 호위를 받고 있는 적의 수뇌를 공격하거나 암습을 할 때 더할 나위 없이 유용한 초식이었다.

"신전수 제육식 신전불퇴(神電不退)!"

단전에서 시작된 기운이 흐름을 타고 내 손에서 흘러나왔다. 그렇게 시작된 기운은 뇌성벽락을 일으키며 가로막는 모든 것은 부수어 버렸다.

적이 오직 한 명일 때에만 사용할 수 있는 초식으로, 전력을 기울일 경우 일시적으로 무방비 상태에 빠진다는 위험천만한 단점이 있지만 벼락이 내리치는 것과 같은 그 위력을 생각해 본다면 그 위험을 감수하고서라도 사용할 만큼 매력적인 초식이었다.

적어도 천하십대강기공(天下十大罡氣功) 중 한 가지를 익히고 있지 않은 상황에서 이 초식이 격중된다면 살아남을 수 없었다.

"후우⋯⋯."

나는 호흡을 고르며 운기를 중단했다.

칠초식인 신전만리(神電萬里)는 익히지 못했기에 아직 펼칠 수가 없었다.

다른 초식들은 완벽하지 못한 상태에서도 펼칠 수 있었지만 신전만리의 초식은 그렇지 않았다.

깨달음의 초식.

그것은 아마도 내 무공이 무경의 경지에 이르지 않는다면 영원히 펼칠 수 없을 터였다.

내가 무공에만 몰두하였다면 그리 멀지 않은 시간 안에 이를 수 있겠지만 무공과 술법, 그 두 가지 모두를 익혀야 하는 상황에서는 쉽지 않은 일이 될 터이다.

"언젠가는 익힐 수 있겠지."

나는 아쉬움을 달래며 주위를 한 바퀴 둘러보았다. 주위는 폐허가 되다시피 한 상태였다.

"오늘은 이쯤에서 그만두어야겠군."

피곤함을 느낀 나는 주변을 대충 정리하고 묵고 있는 움막으로 발걸음을 돌렸다.

어느덧 삼년상을 치르고 있는 지도 이 년에 가까운 세월이 흘렀다.

나는 수련하고 또 수련하며 끝없이 강해지고 있었다.

안타까운 사실은 여전히 신전만리의 초식에 진척이 없다는 것이었다.

깨달음의 무공이라고는 하지만, 전혀 진도가 없을 것이라고는 생각하지 못한 일이었다. 어쩔 수 없이 나는 검법과 삼대비술을 익히는 것으로 마음을 돌렸다.

쿠어어엉!

덩치가 집채만 한 흑곰이 온 산이 떨어져 나갈 듯 울부짖었다.

"죽이지는 않을 터이니 걱정하지 말거라."

나는 유유자적 흑곰을 바라보았다.

분노에 차서 울부짖는다고 해도 고작해야 흑곰일 뿐이었다. 전설상에 등장하는 신수라 할지라도 두렵지 않은 나였다.

꾸어엉!

콰당—

유영비를 펼쳐 단번에 흑곰을 제압했다. 놈은 거대한 앞발

로 나를 후려치려 하였지만 신전수의 기운이 놈의 복부를 강
타한 후였다.

나는 쓰러져 있는 흑곰의 눈을 바라보았다. 놈은 분노와 두
려움, 여러 가지 감정이 깃든 눈으로 나를 쳐다보고 있었다.

'지금이다!'

나는 정신을 집중했다. 그러자 전신에서 자연스럽게 천기심
공의 기운이 일어났다.

화아아악―

중단전이 개방되자 대기 간에 퍼져 있는 기운이 나에게로
들어왔고, 그 기운과 동화되어 유혼몽환술이 펼쳐졌다.

유혼몽환술(有魂夢幻術).

그것은 본 문의 삼대비술 중 하나로써 시술자가 피시술자를
자신의 의지로 조정하는 술법이었다.

내 의지가 무형의 기운으로 화해 놈의 정신을 압박하고 지
배하고자 하였다. 흑곰은 이상한 감을 느끼고 제압당한 상태
에서도 어떻게든 벗어나고자 발버둥을 쳤지만 그럴수록 무형
의 기운을 놈을 더 압박할 뿐이었다.

무려 반 각에 걸친 정신력의 싸움. 그 싸움의 승자는 나였
고, 그것은 오랜 숙원 끝에 이루어낸 결과이기도 하였다.

'앉아라!'

나는 흑곰에게 사념을 보냈다.

그러자 그토록 날뛰던 흑곰이 길들여진 순한 양처럼 온순하
게 내 앞에 주저앉았다.

'일어나라.'

이번에도 흑곰은 내 지시에 복종했다.

내 입가에 절로 미소가 떠올랐다. 그것은 수십, 수백 차례의 실패에도 불구하고 끊임없이 도전해 낸 성과이기에 기쁨이 더했다.

문득 제대로 씻지도 못하고 유혼몽환술을 익히기 위해 고생했던 기억들이 뇌리 속에 주마등처럼 스치고 지나갔다. 어떤 때는 몇 날 며칠을 움직이지도 못할 정도로 심한 정신적 타격을 입은 적도 있었다.

어떻게 생각하면 유혼몽환술은 섭혼술과 비슷하기도 하였지만 또한 전혀 다르기도 하였다.

섭혼술에 제압당한 이가 무공을 제대로 펼치지 못한다는 것은 익히 알려진 사실이었고, 행동거지 또한 평소와는 다르게 마련이었다. 그러나 유혼몽환술은 그러한 단점들이 존재하지 않았다.

두 눈을 마주 보지 않는다면 펼치지 못한다는 제약과 정신력이 강한 자라면 통하지 않는다는 단점이 있을 뿐이었다.

"이제 하나만이 남은 것인가."

나는 천기심공의 기운을 갈무리하며 이제 마지막 남은 삼대비술 중 한 가지를 생각했다.

삼년상이 얼마 남지 않은 상황이었기에 이곳에서 익히는 것은 무리가 있겠지만 그렇다고 수련을 게을리 할 생각은 없었다.

내 강호행은 세상을 활보하기 위한 것이지만 나 자신을 더욱 발전시키기 위한 목적도 있었다.

그 순간이었다.

"큭……."

천기심공의 기운을 갈무리하는 와중 급작스럽게 가슴이 욱신거렸다.

"방금 그건 뭐였지?"

무엇인가 알지 못할 위화감이 느껴졌다. 나는 이상한 마음에 재차 천기심공을 운기했다.

"착각이었나 보군."

아무리 운기를 해보아도 조금 전과 같은 통증은 일어나지 않았다. 의아한 감은 들었지만 큰 문제는 아니라는 생각에 나는 호흡을 조절하며 검을 빼 들었다.

내 손에 들려 있는 검은 단설(丹雪)이라는 이름을 가진, 사형이 사용하던 검이었다.

사형은 본 문의 이대기보 중 하나인 묵혼령(墨魂靈)을 물려받았기에 단설을 이곳에 두고 갔다.

사부는 사형에게는 묵혼령을, 나에게는 절혼갑을 물려주었다.

묵혼령은 검이었고, 절혼갑은 손끝에서 팔꿈치까지 착용하는 하나의 수갑으로 교룡피로 만들어져 모든 충격을 흡수할뿐더러, 수화(水火)의 침범을 막는 절세의 기보였다.

기이한 것은 절혼갑이 내 피부색과 무척이나 비슷하다는 사실이었다. 그러한 이유 때문에 사부는 가끔 미소를 지으며 나에게 이렇게 말했다.

"그것은 마치 너를 위해 만들어진 것 같구나. 본 문 역사상 너
처럼 절혼갑이 잘 어울리는 이는 없었을 것이다."

"사부……."
사부 생각이 나니 좋았던 기분이 다시 우울해졌다.
무작정 검을 휘둘렀다. 그래야만 이런 기분이 조금이라도
사라질 것 같았다.
우우웅!
이런 내 기분을 알아차린 걸까? 공력을 일으키자 검이 내 기
운과 반응해 공명을 일으켰다. 나는 주저없이 단천구검을 펼
쳤다.
단천구검(斷天九劍)은 총 구식으로 이루어진 검법으로 전 육
식과 후 삼식으로 나뉘어져 있었다. 내가 익힌 것은 전 육식뿐
이었다.
"오늘은 이 정도까지만 해야겠군."
전 육식을 모두 펼친 나는 이마에서 흘러나오는 땀을 닦으
며 검을 집어넣었다.
어느새 땅거미가 질 정도로 짙은 어둠이 밀려와 있었다.
이전부터 느끼고 있던 사실이지만 위력 면에 있어서 단천구
검은 신전수보다 월등했다.
"아직도 멀었구나."

시간이 얼마 남지 않았다.

일 년이라는 시간은 그 모든 것을 익히기에 부족한 시간이었다.

나는 단단히 각오를 다지며 움막으로 향했다.

언제부터였을까.

아마도 그것은 천기심공의 성취가 팔성을 넘어 빠르게 늘어나면서부터인 듯싶었다.

나조차도 의아할 정도로 급속도로 진전을 보이던 천기심공, 그것은 결코 좋은 일만은 아니었던 것이다.

"큭⋯⋯."

천기심공을 운기하여 중단전을 개방하던 나는 가슴을 부여잡고 그 자리에 주저앉았다.

"또 이러다니⋯⋯."

그저 한순간의 문제이려니 하고 생각했다. 하나 그것은 내 착각에 불과했다.

가끔씩 일어났던 통증.

천기심공을 운기하여 중단전을 개방하면 심장을 괴롭히던 통증은 이제 육성만 운용할지라도 동반되었다.

문제는 그 통증이 보다 더 심해지고 있다는 것이었다. 심할 때에는 마치 내상이라도 입은 것처럼 울혈까지 토해내기도 했다.

항시 통증이 일어나는 것이 아니라 어쩌다 한 번에 불과했지만 만에 하나라도 싸우는 와중 통증이 발생한다면 위험에 처할 수도 있었다.

"후우……."

나는 깊은 한숨을 내쉬었다.

중단전을 완전히 개방하지 못한다는 것은 그토록 고생하여 익힌 삼대비술을 비롯하여 몇 가지 술법을 사용하지 못한다는 것을 의미했다.

그나마 위안이 되는 것은 중단전을 활용하면서도 내공의 소모를 요하는 천원이분술만큼은 어느 정도 펼칠 수 있다는 사실이었다.

사부가 그리웠다. 사부가 있었다면 이것이 무슨 문제인지 알 수 있었을 터였다.

"무위야, 무위야, 이 무슨 허약한 생각이냐. 아마도 일시적인 현상에 불과할 것이다. 구성이 아니 된다면 십성에 이르면 그만이 아니겠더냐."

나는 마음을 다잡았다.

어느 무공이든 십성에 이른다면 구성과는 또 다른 경지에 올라서게 된다.

아마도 천기심공 역시 그럴 것이다.

적어도 나는 그렇게 믿을 수밖에 없었다. 그것이 내가 지금 생각할 수 있는 유일한 희망이었으니까.

그렇다고 해서 큰 걱정은 하지 않았다.

천기심공을 육성 이상 끌어올리지 않는다고 해도 펼칠 수 있는 술법은 무궁무진했고, 구태여 술법을 사용하지 않아도 지금의 나는 약하지 않았다.

　그렇게 나는 천기심공을 대성하기 위해 더더욱 수련에 박차를 가했다.

　삼년상이 얼마 남지 않았을 무렵, 나는 외로움이 무엇인지를 뼈저리게 느낄 수 있었다.

　무공에 정신을 쏟으며 어느 정도 그런 외로움은 사라지는 듯싶었지만 시간이 지나자 다시 깊숙한 곳에 묻어두었던 그 감정이 되살아나고 있었다.

　사부를 따라 산에 오르고 난 뒤, 언제나 내 곁에는 사부나 사형이 있었다.

　주위에 아무도 없다는 것.

　그것은 무공으로도 채워지지 않는 그런 갈증이었다.

　언제부터인가 나는 조용히 명상에 잠기는 것을 즐겼다.

　어쩌면 그것은 고독에서 벗어나기 위한 유일한 몸부림이었는지도 몰랐다.

　그리고 또 하나.

　나에게 유일한 낙이 있다면 그것은 사부가 내 손에 쥐어준 한 장의 초상화를 보는 것이었다.

　두근두근.

　초상화를 볼 때면 가슴이 두근거렸다.

　그렇다고 해서 초상화 속의 여인이 침어낙안(沈魚落雁)이나 화용월태(花容月態)라는 미사여구를 붙일 수 있을 정도로 아름다운 것은 아니었다.

오히려 어떻게 보면 지극히 평범하다고 할 수 있었다.

하나, 분명 매력적인 부분도 적지 않았다.

윤기 나는 흑발은 그녀의 눈처럼 흰 피부와 절묘한 조화를 이루었고, 단아해 보이는 듯한 분위기는 성숙한 매력을 물씬 풍겼다.

나만 그렇게 느끼는 것인지도 모르겠지만 오래전 기루에 들러 양귀비의 족자를 보았을 때조차 느끼지 못했던 설렘을 그녀는 느끼게 해주었다.

시간이 흐르고,

내 마음 한구석에는 북리신원이라는 이름을 가진 그녀가 자리를 잡았다.

설련에게는 미안한 일이었지만 이상하게도 눈을 감아도 그녀의 얼굴이 눈앞에 아른거렸다.

이래서는 안 된다 하는 생각도 들었지만 마음은 내 의지를 따라주지 않았다.

나이가 조금 많다는 점이 부담이 되기는 하였지만 이미 그녀에게 마음을 빼앗긴 나에게는 아무런 문제가 되지 않았다.

산속에 갇혀 사는 나에게 있어 초상화 속의 여인은 유일한 말동무였다.

물론 말을 하는 쪽은 나였고, 그녀는 들어주기만 하였다.

만약 사형이 지금 내 이런 모습을 보았다면 이렇게 말했을지도 모르겠다.

'정신병자 같은 놈.'

하하하!

사형이 나를 한심하다는 표정으로 쳐다볼 생각을 하자 절로 웃음이 흘러나왔다.

사형을 생각하자 새삼 사형의 목소리가 그리웠다. 사형의 싱그러운 미소 역시도.

"사형, 나는 사형이 그녀와 친분이 없었으면 좋겠습니다."

그녀를 생각하며 유일하게 마음에 걸리는 것은 사형이 빙궁에 머물렀다는 사실이다.

사형의 용모는 그 어느 누구라도 해도 반하지 않을 수 없을 정도였으니 그녀 역시 크게 다르지는 않을 터이다.

"그나저나 사형, 뭐 하고 계십니까? 강호를 한바탕 휘젓기라도 하고 계신 겁니까?"

나는 사형이 피치 못할 이유 때문에 산을 내려갔다고 생각했다.

그렇지 않고서야 사형이 그런 식으로 문을 떠날 리 없었다.

"아시다시피 제가 사형에게 양보한 것이 있지요? 깊은 관계가 아니라면 사형도 저에게 한 번 정도는 양보를 해주십시오."

그나마 안심이 되는 것은 사형이 그녀를 마음에 두고 있을 가능성이 낮다는 사실이었다.

사형은 항시 여인들을 볼 때면 눈을 먼저 보았고, 호수와도 같은 커다란 눈망울을 좋아했다. 그 반면 나는 초승달 같은 눈을 좋아했다. 마치 초상화의 그녀처럼.

아니, 어쩌면 나는 그녀를 보고 난 이후에 그런 눈을 좋아하게 되었는지도 몰랐다.

"소저, 북해는 춥지 않습니까? 이곳 역시 오늘 날씨는 쌀쌀하군요. 제가 북해에 가보지 않아 얼마나 추운지는 모르겠지만 그렇게 옷을 입은 것을 보면 춥긴 춥나 보군요."

나는 초상화의 여인에게 말을 걸었다.

빙궁의 소궁주인 그녀가 무공을 익히지 않았을 리는 없었다. 한데도 담비 가죽으로 만든 두터운 가죽옷을 입었다는 것은 그만큼 북해의 추위가 매섭다는 것을 뜻할 것이다.

"사부에게 북해에서 나는 설련실 잎으로 우려낸 차가 그렇게 향기롭다는 말을 들은 적이 있습니다. 한 번 정도 그 차를 같이 마셨으면 좋겠군요."

나는 조심스럽게 초상화가 그려져 있는 양피지를 접어 품 안에 넣었다.

이제는 무공 수련을 해야 할 시간이었다.

그녀를 보고 있는 것도 좋았지만 그렇다고 해서 무공 수련을 게을리 할 생각은 없었다. 그렇게 내 끝없는 수련이 다시 시작되었다.

찌륵찌륵.

삼년상이 끝나는 전날 밤은 유난히도 풀벌레의 울음소리가 듣기 좋았다.

달은 그리 밝지 않았지만 은은하게 대지를 비추어주었고,

청아한 하늘에는 별들이 수려한 빛을 발하며 자태를 뽐내고 있었다.

"사부, 내일이면 삼년상이 끝나는 날입니다."

나는 서글픈 눈으로 사부의 무덤을 바라보았다.

"아마도 내일이면 저는 이 지긋지긋한 곳을 나가게 될 것 같습니다."

나는 사부의 무덤과 함께 주위를 둘러보았다. 무덤에는 잡풀이 여기저기 솟아 있었다.

우직.

나는 맨손으로 거칠게 잡풀들을 쥐어뜯었다.

"사부가 그립습니다. 그리고 사형이 보고 싶습니다. 어쨌든 사부의 유언은 지켜 드리겠습니다. 저는 문주의 자리를 이어받았고, 이 자리를 지킬 책임이 있으니까요."

잡풀을 다 뽑은 나는 사부의 무덤에서 조금 떨어졌다.

"마지막으로 드리는 인사가 될 것 같습니다. 떠나는 날 사부의 무덤을 보면 왠지 미련이 생길 것 같거든요."

아쉬운 표정으로 사부의 무덤에 두 번의 절을 마쳤다. 마지막으로 숙인 고개가 쉽게 들려지지가 않았다.

"한데 어째서 그런 유언을 남긴 것입니까? 그러셨다면 진작에 말씀을 해주셔도 될 일이 아니셨습니까?"

아직도 사부가 남긴 유언이 이해가 가지 않았다.

문득 오래전 무공을 막 익히기 시작할 무렵 사부가 했던 말이 떠올랐다.

"너는 강호에 나가면 무엇을 하고 싶으냐?"

그 질문은 나는 강호를 바람과도 같이 질풍처럼 주유하며 천하에 명성을 떨치고 있는 무인들과 겨루어보고 싶다고 대답했고, 사부는 껄껄 웃으며 그러라고 허락했다.

"흑도라……. 사실 아직까지도 옳은 선택을 한 것인지 잘 모르겠습니다. 그러나 이제는 상관없습니다. 제가 선택한 길이니까요."

천하십삼대고수.

천하를 위진시키는 열세 명의 무인. 그들과의 비무는 절로 가슴이 설레는 일이 아닐 수 없었다.

"그럼 편히 계십시오. 모든 일을 마치고 나면, 그때 다시 들르겠습니다."

나는 발걸음을 돌려 움막으로 걸어갔다.

"아차! 그러고 보니 제가 사부에게 미처 하지 못한 말이 있었군요."

잠시 발걸음을 멈추고 사부의 무덤을 향해 고개를 돌렸다.

"사부, 혹시 그거 아십니까, 제가 사부를 정말로 좋아했다는 것을요?"

疾風歌

第一章 하산(下山)

질풍가

휘이이잉~

바람이 불었다.

물기 가득한 촉촉한 바람이었다.

바람 끝을 문지르면 그 물기가 방울로 맺혀 흘러 떨어져 내릴 것만 같은 그런…….

그 바람의 중심에는 한 사내가 서 있었다.

"후후, 오늘따라 네 녀석들도 나를 반기지 않는구나."

설무위는 산등성이에서 불어오는 바람을 느끼며 씁쓸한 미소를 머금었다.

마음 한구석에서 강호로 발을 내딛는다는 설렘이 없다면 거짓이겠지만, 그것보다는 그동안 정들었던 곳을 떠나게 되는

서운함이 먼저였다.

"사부, 이제 저는 떠납니다."

설무위는 고개를 돌렸다.

그곳에는 지난 십수 년간 머물렀던 기련산이 웅장한 자태를 보이고 있었다.

"마지막으로 보여 드리겠습니다. 지난 십오 년간의 성취를 요."

화악—

설무위는 천기심공을 일으키며 무공을 펼쳤다.

육합권법, 팔환보, 진산장부터 시작해서 신전수, 유영비, 그리고 최근에 익힌 단천구검까지.

한 초식 한 초식에는 정성이 깃들어 있었고, 그것은 곧 설무위의 마음이기도 하였다.

후드드득—

전력을 기울여서 무공을 펼치자 이내 이마에서는 굵디굵은 땀방울이 흘러내렸다. 그럼에도 설무위는 무공을 펼치는 것을 그만두지 않았다.

극성을 바라보고 있는 신전수, 구성에 도달하려 하는 유영비, 어느 것 하나 수련을 게을리 하지 않았기에 오를 수 있는 경지였다.

한바탕 춤사위가 펼쳐졌다.

무공이었으되 그것은 또한 검무이기도 하였고 흐느끼는 바람이기도 하였다.

"보십시오. 이것이 제가 사부에게 배운 술법입니다."

무공을 펼친 뒤 설무위는 연이어 술법을 펼쳤다.

육조령, 영무자, 백기염화…….

어느 것 하나 절기가 아닌 술법들이 없었고, 지난 세월 동안 각고의 노력 끝에 익힌 것이기도 했다.

천기심공의 기운이 극에 이르자 기감은 점차 넓어져 사방 수백여 장을 아우렀다.

바람에 몸을 맡기고 대지의 기운을 중단전을 개방시켜 용천혈로부터 받아들여 전신에 퍼뜨린다. 내공과는 다르게 단순히 쌓아가는 방식이 아니라 받아들일 수 있는 양 그 자체를 늘려가는 방식이었다.

쌓는 것이 아니라 느끼는 것이라는 사실은 그런 의미에서 해석할 수 있었다.

"어떻습니까? 마음에 드십니까?"

대부분의 술법을 시전한 설무위는 천기심공의 기운을 거두어들였다.

"다 보시지 못해서 마음에 안 드신다구요? 어쩔 수 없었습니다. 그것만은 익히기 어렵더군요. 책망은 하지 마십시오. 사부가 그렇게 가버려서 다 이리된 것이 아니겠습니까?"

설무위는 아쉬운 마음을 금할 수가 없는지 계속해서 중얼거렸다.

"이제는 정말 떠납니다. 그렇다고 돌아오지 않겠다는 것은 아닙니다. 때가 되면… 다시 찾아뵙겠습니다."

그렇게 한참 동안 아련한 눈빛으로 기련산을 바라보고 있던 설무위는 어느 순간 몸을 돌렸다.

흑도천하(黑道天下).

이제 세상은 설무위라는 무인이 있다는 것을 알게 될 것이다.

*　　　*　　　*

"서둘러라. 오늘 안에는 이 산을 넘어야 한다."

유운상단을 이끄는 행수 조철상은 조금은 다급한 표정으로 마부와 일꾼들을 재촉했다.

이른 새벽부터 출발하여 서두른다고 하였지만 이제 해가 떨어지기까지는 불과 반 시진도 남아 있지 않았다.

"행수님, 아무래도 노숙을 준비해야 할 듯싶습니다."

상단을 호위하는 무사들을 지휘하는 염철도 장욱이 조심스럽게 입을 열었다.

"아니 될 말일세. 자네도 알다시피 하루가 촉박한 상황이야. 이번 거래가 실패로 돌아간다면 상단은 무너질지도 모르네."

"그래도 이런 밤중에 길을 재촉하는 것은 무리입니다. 자칫 잘못하여 길이라도 잃는다면 오히려 시간이 더 지체될 수도 있습니다."

"다른 방법이 없단 말인가?"

"지금으로써는 노숙하는 것이 최선의 방법입니다. 일꾼들도 너무 많이 지쳐 있습니다."

"끙."

조철상이 긴 한숨을 내쉬었다.

"알겠네. 자네 말대로 하지. 가다가 노숙할 만한 곳을 찾으면 자리를 잡도록 하세나."

"명대로 하겠습니다."

장욱이 가볍게 고개를 숙였다.

다른 이들 같았다면 무리를 해서라도 강행군을 하였겠지만 조철상은 달랐다. 그리고 그것이 유운상단이 강서 남창에서 사대상단 중 한곳으로 발돋움할 수 있었던 이유이기도 했다.

얼마 지나지 않아 앞서 보냈던 호위무사 중 하나가 노숙할 만한 곳을 찾아냈다.

"노숙할 만한 곳을 찾았다고 합니다."

"주위를 정돈하고 불을 피우라 이르세."

"알겠습니다."

장욱이 호위무사들에게 자리를 잡고 불을 피우게 시켰다.

"자자, 어서들 하자고."

"거기, 잡담하지 말고 빨리 하라고."

그사이 일꾼들이 주위를 정리하고 잠자리를 마련했다.

상단의 행수 조철상이 직접 나설 만큼 이번 거래의 규모는 상당했다.

마차가 칠십여 대에, 호위무사만 해도 무려 백여 명이 넘었고, 거기에 일꾼과 마부들 합치면 사백이 넘어서는 인원이었다.

그것이 전부가 아니었다.

혹시라도 모를 녹림도의 기습을 막기 위해 고용한 용병도 오십 명에 달했으니 웬만한 산채에서는 통행세조차 요구하지 못했다.

"행수님, 문제가 생겼습니다."

호위무사들을 지휘하며 노숙 준비를 하던 장욱이 급하게 조철상에게 다가왔다.

"무슨 일인가?"

"선객이 있는 듯싶습니다."

"선객이라니? 아무런 불빛도 보지 못했거늘?"

조철상이 이해할 수 없다는 표정으로 반문했다.

"그래, 몇 명이나 되는가? 인원이 많아 우리가 다른 곳을 찾아야 할 정도인가?"

"그렇지는 않습니다. 일행 없이 홀로 있었습니다. 그래서 불빛을 발견하지 못한 듯싶습니다."

"한 명이라……. 어쨌든 선객은 선객이니 물어는 봐야겠군. 자네가 앞장서게나."

조철상이 느긋한 표정으로 대꾸했다.

"이리로 가시지요."

장욱이 앞장서서 조철상을 안내했다.

두 사람이 도착한 곳에는 가죽옷을 걸친 사내가 고기를 굽고 있었다.

　그제야 조철상은 어째서 자신이 불빛을 발견하지 못했는지 그 이유를 알 수 있었다.

　묘하게도 그가 있는 곳은 사방이 나무로 가로막혀 있는데다가 나뭇가지가 사방으로 뻗쳐 있어 불빛을 차단했다.

　"허허, 냄새가 정말 좋구만. 이거, 선객이 있는지도 모르고 우리가 실례를 했네."

　조철상은 특유의 넉살 좋은 웃음을 흘리며 사내에게 다가갔다.

　"보다시피 우리는 상인들일세. 시간도 늦었고 해서 우리도 이곳에 자리를 잡으려 하는데 상관없겠는가?"

　"편한 대로 하시지요."

　사내가 묵묵히 고기를 구우며 대답했다.

　그 모습을 본 장욱이 눈살을 살짝 찌푸렸다. 아무리 선객이라고는 하지만 이렇듯 무례하게 고개조차 돌리지 않고 대답하는 것은 예의에 어긋난 일이었다.

　스윽.

　무어라 말을 하기 위해 장욱이 한 발을 내딛는 순간, 조철상이 슬그머니 가로막으며 말했다.

　"그거 고맙구만. 하면 허락한 것으로 알고 우리도 자리를 잡도록 하겠네."

　노숙을 한다 하여 아무 곳이나, 그리고 마음 내키는 대로 하는 것은 아니었다.

적어도 다른 사람이 먼저 자리를 차지하고 있는 곳은 가지 않는 것이 예의였고, 또한 상단인 경우라면 관제묘 근처에서는 야영이나 노숙을 하지 않는 것이 암묵적인 규칙이었다.

"산에는 주인이 없으니 구태여 허락을 받는 것 또한 이상하지 않겠습니까?"

사내가 처음으로 고개를 돌렸다.

그러나 사내의 시선은 조철상에게 향한 것이 아니라 장욱에게 향해 있었다.

흠칫.

사내의 시선을 마주한 장욱은 자신도 모르게 몸이 절로 움츠러드는 것을 느낄 수 있었다.

'무슨 놈의 눈빛이……'

그렇다고 사내에게서 특별한 기운이나 살기가 느껴지는 것도 아니었다.

그것은 단순한 기세에 불과했다.

'이 대체 무슨 추태란 말인가?'

장욱은 곧 자신의 실수를 깨닫고 어깨를 바로 폈다.

상대는 이제 고작해야 서른도 되어 보이지 않는 애송이에 불과하지 않는가?

태양혈도 볼록하지 않은 것을 보니 강호인도 아니거나 강호인이라 하더라도 실력이 떨어지는 자일 것이다. 아무리 눈빛이 매섭다 한들 그런 상대에게 위축된 것은 창피한 일이 아닐 수 없었다.

"하하, 그런가?"

조철상이 고개를 젖히고 웃음을 터뜨렸다.

조철상이라고 해서 돌아가는 분위기를 모를 리 없었다. 그래서인지 평소보다 더욱 크게 웃어젖혔다.

"어쨌거나 이런 산속에서 사람을 만나다니 반갑군. 자, 모두 짐들을 풀게나."

조철상의 말에 하나같이 등에 커다란 보따리를 메고 있던 자들이 일사불란하게 짐을 풀고 자리를 마련했다.

그들이 하고 있던 행동을 잠시 지켜보던 사내는 이내 시선을 거두고 고기를 베어 물었다.

"이보게, 저 혹저는 자네가 잡은 것인가?"

"그렇습니다."

"허허, 용하기도 하군. 보아하니 잡은 지 얼마 되지 않은 것 같은데……."

조철상은 등을 돌리고 있는 사내의 얼굴을 좀 더 자세히 보기 위해 슬쩍 옆으로 걸음을 옮겼다.

'흐음…….'

조철상은 적지 않게 놀랐다.

조금 전이야 워낙 경황 중이어서 제대로 보지 못했지만 자세히 보니 이제 겨우 이십대 중반이나 될까 하는 정도였다.

"저에게 반하기라도 하셨습니까? 무얼 그리 뚫어져라 쳐다보시는지요?"

"허허, 아쉽지만 나에게 그런 취미는 없다네."

사내의 농을 조철상은 역으로 받아쳤다.

"이것도 인연인데 통성명이라도 하지 않겠나? 나는 조철상이라고 한다네."

"설무위라 합니다."

"한데 그것참 먹음직스러워 보이는구만."

"그렇습니까?"

조철상의 의중을 어느 정도 눈치 챈 설무위가 가볍게 미소를 머금었다.

새벽녘 길을 떠났지만 발걸음이 떨어지지 않았던 탓일까?

설무위는 결국 주천까지 도착하지 못하고 산중에서 밤을 지새우게 되었다.

'재미있는 사람이군.'

다른 것이라면 몰라도 그 넉살 하나만큼은 따라올 자가 없을 듯싶었다. 그러나 묘하게도 그런 넉살이 밉지만은 않았다. 아마도 그것은 그의 천성인 듯싶었다.

"필요하다면 가져다 드셔도 좋습니다."

"그래도 되겠는가? 허허, 이거 고마우이."

조철상이 헛기침을 하며 한편에 있던 일꾼들에게 슬며시 눈짓을 주었다.

"아무튼 잘 먹겠네. 그럼 편히 쉬게나."

그렇게 조철상이 고맙다는 인사를 건넨 뒤 몸을 돌려 걸어가는 순간이었다.

"킬킬, 좋은 냄새가 나는군."

"흘흘, 그러게 말이야. 배도 고픈데 마침 잘되었군."

어디선가 음산한 목소리가 울려 퍼졌다.

근처에 있던 사람들의 시선이 일제히 목소리가 들려온 곳으로 향했다.

그곳에서는 두 명의 노인과 그 뒤에 흑의 경장을 입은 사내가 걸어오고 있었다.

실로 기이한 일행이었다.

우선 노인 중 한 명은 색동옷을 입고 있었고, 다른 한 명은 여인들이나 입는 화의를 입고 있었다.

그나마 흑의경장사내만이 정상적으로 생각되었지만 그 모습을 보고 있자면 그렇지만도 아니었다.

추남도 이런 추남이 존재할 수 있을까?

얼굴은 온통 곰보 자국 투성이였고, 눈은 길게 찢어져 음산하기 그지없었다.

그것이 전부가 아니었다.

얼굴 한쪽에 입은 화상을 입었는지 온통 짓물러져 있었고, 한쪽 눈 역시 실명하였는지 하얀 동공만이 자리하고 있었다.

무엇보다 가장 섬뜩한 것은 그들의 옷이 피로 점철되어 있다는 사실이었다.

"누구요?"

근처에 있던 호위무사 중 한 명이 앞으로 나서며 그들의 앞을 가로막았다.

"누구? 어린 놈이 버르장머리가 없구나!"

두 명의 노인 중 색동옷을 입은 노인이 벼락처럼 앞으로 튀어나와 호위무사의 가슴팍에 일장을 때렸다.

퍼펑—

사오 장이나 나가떨어진 무사의 입에서 검붉은 피가 꾸역꾸역 흘러나왔다.

챙— 채챙!

그러자 주위에 있던 나머지 호위무사들이 살벌한 표정으로 일제히 무기를 뽑아 들었다. 그중 몇은 부상당한 동료를 안전한 곳으로 부축해 갔다.

"어디서 오신 분들이신지요?"

무사들 틈에 있던 장욱이 나서며 색동옷을 입은 노인에게 정중히 포권을 취했다.

"킬킬, 네까짓 놈이 알아서 무얼 하려고?"

"무사들이 경황중이라 무례를 저지른 것 같습니다. 제가 대신 사과를 드리겠습니다."

장욱이 저자세로 나왔다.

고작해야 세 명이라고는 하지만 언뜻 보기에도 평범하지 않은 자들이었다.

이런 자들과 마찰이 생긴다면 득보다는 실이 많았다.

더욱이 색동옷을 입은 노인의 움직임은 그조차 제대로 분간이 가지 않을 정도로 쾌속했다.

"킬킬, 이미 늦었다."

수십이 넘는 인원이 주위에 몰려 있음에도 색동옷을 입은 노인은 거리낄 것이 없다는 듯 걸음을 내디뎠다. 그와 더불어 장내에 긴장감이 감돌았다.

"그만!"

그 순간 화의를 입은 노인의 입에서 찢어질 듯한 음성이 흘러나왔다.

"킬킬, 무슨 일이야?"

색동옷을 입은 노인은 자신을 멈추게 한 화의노인을 못마땅한 표정으로 바라보았다.

"흘흘, 시간이 없다는 것을 잊지 말게. 소공께서 기다리기 지루하시다는군."

두 노인의 목소리는 듣기가 괴로울 정도였다.

색동옷을 입은 노인의 목소리는 음산하기 그지없었고, 그 반면 화의를 입고 있는 노인의 목소리는 북을 찢는 것처럼 날카로워 절로 모골이 송연해졌다.

"그래?"

소공의 명이라는 말에 색동옷을 입은 노인이 어쩔 수 없다는 듯 한 발 물러났다.

"운이 좋구나. 시간이 없으니 용건만 말하겠다. 어서 너희가 가져간 물건을 내놓거라."

"무슨 말씀이신지……?"

장욱의 표정이 굳어졌다.

장욱은 혹시나 하는 생각에 내공을 끌어올려 주위의 기척을 확인했다. 그러나 반경 수십여 장 안에 다른 인기척이라고는 도무지 느껴지지가 않았다.

그렇다면 적어도 상단의 표물 전부를 노리는 녹림도는 아니
었다. 장욱의 고개가 자연스럽게 조철상에게로 향했다. 그러
나 조철상 역시 영문을 모르겠다는 표정으로 고개를 저을 뿐
이었다.

"킬킬, 섣부른 짓은 하지 않는 편이 좋을 게야. 여차하면 너
희 모두를 죽여 버릴 수도 있으니."

돌연 색동옷을 입은 노인이 나무에 일장을 날렸다.

우지근—

두께가 한 아름은 족히 될 만한 나무가 거대한 소음과 함께
두 동강으로 부러져 나갔다.

그 모습을 본 장욱의 가슴이 철렁 내려앉았다.

고수라는 짐작은 들었지만 이 정도일 것이라고는 생각지 못
했다. 적어도 절정 이상은 되어야 펼칠 수 있는 것이 장력이었
다.

"자네는 이만 물러나게나. 제가 이 상단의 행수입니다. 혹
시 저희가 무슨 잘못이라도 저질렀는지……."

조철상이 앞으로 나섰다.

무공을 익히지는 않았다고 하지만 그렇다고 해서 장력이 무
엇을 의미하는지 모를 조철상이 아니었다. 그렇다면 장욱의
역할은 여기까지였다. 협상이라면 장욱보다는 그가 나서는 편
이 나았다.

"킬킬, 모르는 것이 확실하군. 하긴, 알고 있었다면 가져갔

을 리도 없겠지."

색동옷을 입은 노인이 기괴한 괴소를 흘리며 말을 이어갔다.

"킬킬, 너희들이 입수한 물건 중에 두 치 정도 되는 단검이 있을 것이다. 그것을 가져오너라."

"두 치 정도 되는 단검이라면……."

순간적으로 조철상의 뇌리에 토로번에서 구입했던 특이한 소도가 떠올랐다. 그저 장식이 특이하기에 선물용으로 구입했었다.

"곧 가져오겠습니다."

조철상은 허둥지둥 마차로 돌아가 따로 보관해 두었던 소도를 가져왔다.

"여기 있습니다."

"킬킬, 이리 가져와라."

색동옷을 입은 노인은 조철상이 내민 소도를 낚아채 흑삼청년에게 가져갔다.

"받으시지요."

색동옷을 입은 노인은 더할 나위 없이 공손한 태도로 흑삼청년에게 소도를 건넸다. 그 특유의 거북한 괴소조차 흘리지 않았다.

"드디어 찾았구나."

흑삼청년이 탁한 목소리로 말했다. 그 생김새만큼이나 괴기한 목소리였다.

"네가 마침내 내 손에 들어왔구나."

흑삼청년은 소도를 움켜쥐며 한차례 몸을 떨었다.

"색노, 물건을 찾았으니 돌아가겠다."

"킬킬, 예."

색동옷을 입은 노인이 지체없이 앞장섰다.

"킬킬, 모르고 한 짓이니 용서해 주겠다. 아니면 네놈들은 오늘 모두 죽었을 것이다."

색동옷을 입은 노인은 조철상을 향해 매서운 눈빛을 던진 후 몸을 돌렸다.

그렇게 흑삼청년과 두 노인이 걸음을 옮기는 순간이었다.

"색노, 마음이 바뀌었다. 잠시 머물다 갈 터이니 그렇게 알고 있어라."

돌연 흑삼청년이 신형을 멈추고 한곳을 바라보았다. 그곳에 있는 이는 다름 아닌 설무위였다.

"소공?"

"오래 걸리지는 않을 것이다."

"하지만……."

"쉬고 있으라 하지 않았나?"

"알겠습니다."

색동옷을 입은 노인이 어쩔 수 없다는 듯 물러났다.

흑삼청년이 두 노인을 뒤로하고 발걸음을 향한 곳은 설무위가 있는 곳이었다.

"폐가 되지 않는다면 이곳에 앉아도 되겠는가?"

두 노인에게 하는 말투와는 다르게 흑삼청년이 정중한 태도로 물었다.

"다른 곳도 많은데 굳이 이곳에 앉을 필요가 있겠소?"

설무위가 고기를 우물거리며 대답했다.

"저런, 찢어 죽일!"

멀찌감치 떨어져 그 모습을 보고 있던 색동옷을 입은 노인이 매서운 눈빛으로 당장이라도 일장에 쳐 죽일 듯 설무위를 노려보았다. 그러나 감히 나서지는 못하고 있었다.

"물러나 있으라 하지 않았던가?"

흑삼청년의 목소리가 높아졌다.

그러자 색동옷을 입은 노인은 쥐 죽은 듯이 조용히 입을 다물었다.

"밤은 길고도 또한 쓸쓸하기까지 하니 혼자보다는 둘이 낫지 않겠는가? 하면 승낙한 것으로 알겠네."

미처 설무위가 무어라 말을 하기도 전에 흑삼청년이 자리에 털썩 주저앉았다.

"지난 며칠간 제대로 된 음식이라곤 구경도 하지 못했더니 배가 출출하군. 양이 풍족한 것 같은데 좀 나눠 주는 것이 어떻겠는가?"

저음으로 말한다고는 하지만 여전히 흑삼청년의 목소리는 듣기가 거북스러웠다.

"나는 아직 승낙하지 않았소."

"사해가 동도라고 하였으니 이 정도는 나눠 주어도 괜찮지 않겠는가?"

"동도라……."

잠시 흑삼청년을 바라보던 설무위가 어느 순간 피식 실소를 흘렸다.

묘하게도 하는 행동과는 다르게 싫지 않은 기분이 들게 하는 사내였다.

그것은 그의 눈빛과도 관련이 있었다.

자신감에 차 있는 눈빛. 그 눈빛은 마치 기련산에서 산 아래를 내려다보는 한운천의 눈빛과도 흡사했다.

누가 보더라도 추남사내는 쫓기는 모습이었다.

그런 상황에서 저런 눈빛을 보인다는 것은 쉬운 일이 아니었다. 설무위는 문득 이런 사내를 도망치게 만든 이들이 누구인지가 궁금했다.

"형장은 어디서 왔는가?"

"기련산에서 왔소."

"나는 토로번(吐魯番)에서 왔다네."

"토로번이 어디요?"

"신강이라네."

토로번이라면 신강의 성도라고도 할 수 있는 오로목제(烏魯木齊)와 더불어 문물이 가장 발달한 곳이었다. 그리고 사패 중 하나인 배교가 자리 잡고 있는 곳이기도 했다.

"마침 나에게 술 한 병이 있으니 이것으로 고기 값을 대신하도록 하겠네."

추남사내가 품속에서 자그만 호리병 하나를 꺼냈다.

"받게나."

"삼 년 만이군."

설무위는 손에 쥐고 있는 호리병을 보며 회상에 잠겼다.

사형을 처음 만나게 되던 날 술을 배웠고, 그 이후 사형과 어울릴 때는 늘 술과 함께였다.

설무위는 술 한 모금을 들이켰다.

오랜만에 마시는 것이라서 그런지 조금 쓴맛이 느껴졌다. 그것은 처음 마셨을 때와 비슷한 느낌이었다.

"잘 마셨소."

목을 축인 설무위는 호리병을 추남사내에게 되돌려 주었다.

"고기 값으로는 과한 술인 것 같소."

"그런가?"

추남사내가 가볍게 미소를 지었다.

그러자 그렇지 않아도 기괴하던 그의 용모가 더욱 괴기스러워져 소름이 끼칠 정도였다. 그러나 설무위는 그런 추남사내의 시선을 피하지 않았다.

"나는 미르타하라고 하네. 자네의 이름을 알 수 있겠는가?"

"……."

설무위는 잠시 고민하는 표정을 지었다.

낯선 사람에게 이름을 가르쳐 준다는 것. 그것은 친분을 나누겠다는 뜻과도 동일했다.

"내 이름만으로 부족하다면 모자란 술값을 치른다고 생각해도 좋네."

"모자란 술값이라…… 후후."

설무위가 그 말을 듣고 희미한 미소를 머금었다.

미르타하.

설무위는 알지 못했지만 신강에 적을 두고 있는 무인이라면 결코 모를 리가 없는 이름이었다.

낭아혈적(狼牙血滴).

배교의 차기 교주 후보이자 신강에서 열 손가락 안에 꼽히는 이가 바로 미르타하였다. 기이한 것은 그런 미르타하가 신강도 아닌 감숙에서 피에 젖은 몰골로 쫓기고 있다는 사실이었다.

"내 이름은 설무위요."

"자네와는 왠지 다시 만나게 될 것 같네."

미르타하는 하늘을 올려다보았다. 어느새 흐릿한 달은 중천을 지나고 있었다.

"노복들이 너무 오래 기다렸군. 이만 가봐야 할 것 같네."

"밤이 깊었으니 요기라도 하고 가는 것이 어떻겠소? 원한다면 잠시 눈을 붙여도 좋소."

"그건 자네에게 너무 폐를 끼치는 것 같군. 보다시피 나는 쫓기는 사람이라네. 자네 뜻을 모르는 것은 아니지만 그러기에는 내 자존심이 허락하지 않는다네."

"알겠소."

설무위도 더 이상 권하지 않았다.

무인에게 있어 무엇보다 중요한 것이 바로 자존심이었다. 설무위 역시 미르타하의 입장이었다면 거절했을 터이다.

"다시 보게 되면 그때는 밤이 새도록 술을 마시도록 하세나."

미르타하가 자리에서 일어나 발걸음을 돌렸다.

"강호라……. 정말 재미있는 곳이로군."

미트타하가 멀어져 가는 것을 본 설무위는 털썩 그 자리에 드러누웠다.

흐릿한 하늘에서는 간간이 빛을 발하는 칠성좌가 눈에 들어왔다.

제아무리 강호가 넓다 한들 미르타하 같은 이가 많을 수는 없었다. 설무위가 느끼기에 미르타하의 무공은 이전에 겨루어 보았던 파풍도 적무악에 비해 떨어지는 수준이 아니었다.

"강호는 넓고도 또한 좁다 하더니 사형 말이 거짓이 아니로구나."

지독한 곰보로 인하여 그 나이를 도저히 알아볼 수 없을 정도의 미르타하.

그러나 짐작컨대 그의 나이는 이립을 조금 넘었을 것이리라.

문득 갈증이 솟구쳤다.

싸우고 싶은 욕구.

그것은 무인이기에, 그리고 무인이기 때문에 가질 수 있는 열망이었다.

삼 년이라는 세월은 너무 길었다.

그러나 그것은 미르타하 정도로는 채울 수 없는 갈증이었다.

"하하. 무위야, 무엇을 아쉬워하고 있는 것이냐? 이제 겨우 하루가 지났을 뿐이다."

그렇게 설무위가 강호에 첫 발을 내디딘 하루가 흘러가고 있었다.

질풍가

사부의 흔적

시간은 계속해서 흘러갔다.

이제 이 개월 후면 삼년상도 끝이 난다.

삼 년은 길기도 하였지만 어떻게 생각하면 그리 긴 시간만
도 아니었다. 오히려 무공을 익히기에는 부족한 시간일 수도
있었다.

삼년상을 치르며 나는 종종 폐관 수련을 가졌다.

사부의 묘소도 돌봐야 했기에 긴 시간 동안 폐관 수련을 할
수는 없었지만 그래도 최선을 다했다.

그렇게 숱한 폐관 수련을 하는 동안 나는 우연히 한 동굴을
발견할 수 있었다.

"이건 뭐지?"

동굴에는 상당한 분량의 책과 언뜻 보기에도 기보라 할 수 있는 물건들, 그리고 소량의 금괴가 있었다.

그다지 크지 않은 동굴이었기에 둘러보는 것은 어렵지 않았다. 동굴 한구석에는 잘 다듬어져 있는 돌로 만든 단상이 하나 있었고, 그 단상에는 한 장의 서신이 있었다.

서신을 펼친 나는 나도 모르게 눈시울이 붉어지는 것을 느낄 수 있었다.

그것은 사부의 필체였다.

"사부……."

이제 다시는 볼 수 없을 것이라 생각했던 사부의 흔적.

나는 떨리는 가슴을 주체하지 못하며 서신을 읽어 내려갔다.

놈, 네가 이 글을 읽을 때쯤이면 산을 내려갈 시기가 다 되었겠구나.

내가 이곳에 올 것이라는 사실을 짐작했음인가?

서신의 가장 위에 쓰여져 있는 글은 지극히 사부다운 말이었다.

내려가 무엇을 할 생각이냐? 한바탕 강호를 뒤집어놓기라도 할 작정이냐? 내가 살아서 네놈이 그러지 못하게 했어야 했거늘… 쯧쯧.

"젠장, 그러기에 왜 그리 빨리 가셨소?"

나는 서신을 쥔 손에 힘이 들어가는 것을 간신히 참았다.

사형과 강호를 주유하는 것도 하나의 꿈이었지만 사부와 명산, 명승지를 돌아다니며 구경하는 것도 또 하나의 꿈이었다.

이곳에 있는 책은 술법에 관련된 것이 절반이오, 강호의 문파들과 최근 수십여 년간 강호에서 활동했던 무인들에 대한 정보가 기록되어 있는 것이 절반이다.

놈, 이제 제법 무공이나 술법을 익혔다고 자만하고 있겠지? 어림 반푼 어치도 없는 소리는 하지도 말아라. 강호는 넓고 사람은 많다. 그중에서 너보다 강한 이도 부지기수요, 심지어 네 사형보다 강한 이도 많다. 실력을 삼 푼 감춘다는 것은 예전 이야기이다. 절반 이상을 감추어야 하는 것이 강호요, 그들의 심계이다. 무공보다 더욱 무서운 것이 귀계라고 해도 과언이 아니니 네가 얼마나 견딜 수 있을지 모르겠다.

"상관없소. 천하에 그 어떤 이가 있더라도 나는 개의치 않으니. 누구도 아닌 바로 사부의 제자이지 않소? 사부는 아직도 나를 못 믿는 거요?"

나는 툴툴거리며 서신을 계속 읽어 내려갔다.

분명 네 녀석은 이 글을 읽으며 이렇게 생각하겠지. 노망난 늙은이가 잔소리만 심하다고 말이야.

"크큭, 잘 아는구려. 그러고 보니 다행이오. 만약 사부가 있었다면 그 잔소리에 귀청이 떨어져 나갔을지도 모르니."

그러나 지금 이 순간 그 무엇보다 사부의 잔소리가 그리웠다.

어쩌면 이제 다시는 들을 수 없는 음성이었기에 더한지도 모르겠다.

본시 이곳에 있는 서책들은 진작에 불태워야만 하는 것들이었다. 이제 네가 그 일을 해야겠지. 네놈이야 자신감이 철철 넘쳐나니 보지 않으려고 할 터이지만 그래도 한 번 정도는 읽어두어라.

"쳇, 알겠소. 내 사부의 성의를 봐서 한 번 정도는 읽어두겠소. 그러나 이것만은 알아두시오. 나는 결코 이런 것들을 보지 않아도 충분히 내 앞길을 헤쳐 나갈 수 있다는 사실을."

이제 서신의 내용은 몇 줄 남아 있지 않았다.

너무나도 아쉬운 나머지 나는 반복해서 몇 번이고 다시 글을 읽었다.

이 녀석아, 그러고 보니 너에게 단 한 번도 이 말을 하지 못한 것 같구나.

낯간지러운 말이니 심호흡을 한 번 하고 말하겠다.

무위야, 내 사랑하는 제자야. 사랑한다. 너만은 웃으며 세상을 살아라.

"빌어먹을 사부……."

뚝… 뚝…….

마지막 부분을 읽으며 안구에 찬 습기가 앞을 가려 나중에는 제대로 읽지조차 못했다.

젠장맞을 사부.

마지막 지랄 같은 말은 뭐요?

내가 듣고 싶은 것은 사부의 목소리요, 이런 너저분한 서신에 적힌 글 따위가 아니라.

여하튼 사부, 나 역시 사부를 사랑하오.

『질풍가』 제1권 끝

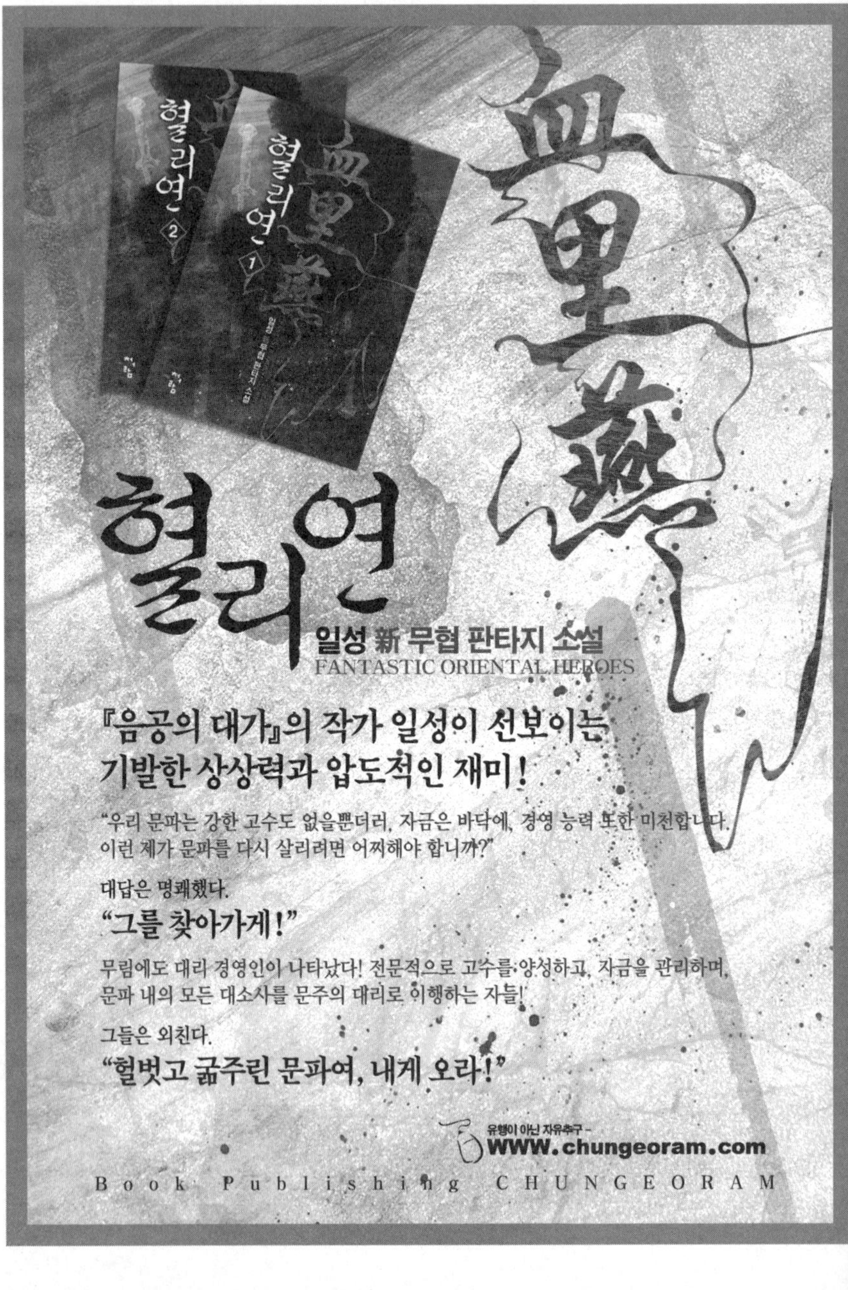

혈리연
일성 新 무협 판타지 소설
FANTASTIC ORIENTAL HEROES
『음공의 대가』의 작가 일성이 선보이는
기발한 상상력과 압도적인 재미!
"우리 문파는 강한 고수도 없을뿐더러, 자금은 바닥에, 경영 능력 또한 미천합니다.
이런 제가 문파를 다시 살리려면 어찌해야 합니까?"
대답은 명쾌했다.
"그를 찾아가게!"
무림에도 대리 경영인이 나타났다! 전문적으로 고수를 양성하고, 자금을 관리하며,
문파 내의 모든 대소사를 문주의 대리로 이행하는 자들!
그들은 외친다.
"헐벗고 굶주린 문파여, 내게 오라!"
유행이 아닌 자유추구 -
WWW.chungeoram.com
Book Publishing CHUNGEORAM

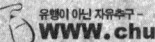

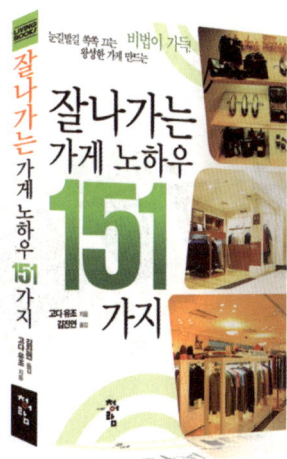